夢之圖案

非馬新詩自選集

第二卷

1980-1989

非馬畫作：日出，30.5×38.1 cm，混合材料，1996

非馬畫作：女樂手，22.8×27.9 cm，丙烯，2004

非馬畫作：秋樹，30.5×40.6 cm，混合材料 ，2006

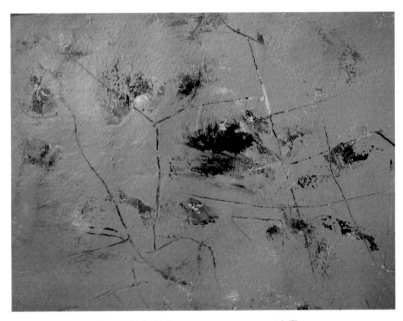

非馬畫作：夢之圖案，20.3 x 25.4 cm，油畫，2006

《非馬新詩自選集》總序

　　每個作家都有出版全集的心願，我自然也不例外。但這心願對我來說，實際的考量要比滿足虛榮心來得多些。我常收到國內的讀者來信，問什麼地方能較完整地讀到我的作品。雖然近年網路興起，除了我自己營建的個人網站及部落格和博客外，許多文學網站也陸續為我的作品設立了專輯，但這些畢竟沒有白紙黑字讀起來舒適有味道，更沒有全集的方便及完整。秀威出版的這套四冊自選集（約佔我全部作品的四分之三），雖非名義上的全集，卻更符合我的心意。我想沒理由讓那些我自己都不太滿意的作品去佔據寶貴的篇幅，浪費讀者寶貴的時間。何況取代它們的，是一些精彩的評論及導讀文章。

　　我認真寫詩是在我大量翻譯歐美現代詩以後的事。上個世紀的六、七十年代，我在《現代文學》及《笠詩刊》上譯介美國當代詩，後來又擴及加拿大、拉丁美洲和英國詩人的作品，還有英譯的土耳其、法國、希臘、波蘭和俄國等地的詩。在翻譯過程中我得到了許多的樂趣，這些詩人的作品更為我的生活與寫作提供了豐富的營養。最近幾年常有台灣及大陸的年輕詩人對我說，他們在中學時期便接觸到我的詩，受到了很深的影響，有的甚至說是我的詩把他們引上了寫作之路。對我來說，他們這些話比什麼文學獎或名譽頭銜都更有意義，更使我高興。這是我對那些曾經滋養過我的詩人們的最好感恩與回報。

　　我希望我的每一首詩，都是我生命組曲中一個有機的片段，一個不可或缺的樂章。我雖然平時也寫日記，但不是每天都寫。有時候隔了一兩個禮拜，才猛然想起，趕緊坐下來，補記上那麼幾筆流水帳，無味又乏色。倒是這些標有寫作日期的詩作，記錄並保存了我當時對一些發生在身旁或天邊的事情的反應與心情。對我來說，有詩的日子，充實而美滿，陽光都分外明亮，覺得這一天沒白活。我深深相信，一個接近詩、喜歡詩的人，他的精神生活一定比較豐富，更多彩多姿。這是因為詩的觸覺比較敏銳，能讓我們從細微平凡處看到全貌，在雜亂無章的浮象中找到事物的真相與本質，因而帶給我們「一花一世界，一葉一菩提」的驚喜。特別是在人際關係越來越冷漠的今天，一首好詩常會滋潤並激盪我們的心靈，為我們喚回生命中一些快樂的時光，或一個記憶中的美景。它告訴我們這世界仍充滿了有趣及令人興奮的東西，它使我們覺得能活著真好。我常引用英國作家福特（Ford Maddox Ford，1873-1939）的話：「偉大的詩歌是它無需注釋且毫不費勁地用意象攪動你的感情；你因而成為一個較好的人；你軟化了，心腸更加柔和，對同類的困苦及需要也更慷慨同情。」能寫出幾首這樣的詩來，我想便不至於太對不起詩人這個稱號了。

2011年4月12日寫於芝加哥

目次

附錄一

附錄二　非馬詩集評論選

1980年代

浮士德

還來不及找律師過目
便迷迷糊糊在她的唇上蓋了章

待看到她臉上隱隱約約的笑紋
才猛然想起
所有契約背後
都印有密密麻麻的細節

除夕

對三百多個沒發芽的日子
也只有這樣狠下心來
爆米花般把它們爆掉

而經歷過槍林彈雨的手
引燃這麼一串無害的鞭炮
卻依然戰戰兢兢
如臨大敵

日出日落

・日出・

畢竟
為宇宙的事
煩惱得
睡不著覺的
不止我一個
看你的眼睛
也佈滿
血絲

・日落・

紅彤彤
掛在枝頭
是大得有點出奇

但滿懷興奮的樹
卻脹紅著臉堅持

這是他一天
結出的
果

花開花落

·花開·

天空
竟是這般
遼闊

驚喜的小花們
爭著
把每一片花瓣
都伸展到
極
限

·花落·

沒有一次
我能平靜地
聽你數

忘我
毋忘我
忘我
毋忘我……
到最後一瓣

睜眼閉眼

・睜眼・

在眼皮下
奔突了一夜的
噩夢
比搔著門板哀號的
狗
還內急

擠過打開的門縫
疾衝出去

嘩！
白色天花板
美好
如青青的
草原

· 閉眼 ·

記憶裡
從未見過
全閉的貓眼

連打瞌睡
都眯著
從線似的小縫
看你
在陽光裡
走進走出

那麼安祥地
提防著
你

月出月落

·月出·

笑盈盈
迎向
從面紅耳赤的
白晝
倉皇逃出的
我

·月落·

耗盡了愛情
離去時
猶頻頻
回首

而床上的魯男子
正
鼾聲大作

火山爆發
——聖海侖山・一九八〇年

自稱是太陽血親
這個流浪漢
在一個不知名的酒店裡
喝得泥醉

仰著頭哇哇嘔吐
一邊喃喃
母親，這是我的心
我無法投寄的愛情

端午

照例
一隻隻龍舟
爭先恐後
出去
照例
一隻隻龍舟
垂頭喪氣
回來

找遍了
所有的大江小河
湖沼溝渠
找遍了
那水花一濺後
一下子便過去了兩千多年
且看樣子還會綿綿下去的
時間之流
就是不見蹤影

或許
我們該
循江入海
或許
我們並不真的知道
屈原的模樣

花☆煙火

微弱的星光下
一群植根於泥土的花
仰著天真的臉
看
花枝招展的煙火
現身說法
渲染大都市的
酒綠燈紅

黑暗裡
花們看不見
煙消火滅後的悽寂

宵夜

霓虹的手
在黑夜的天空
珠光寶氣地撫著
越脹越便便
的大腹

走在
打著飽嗝的
臺北街頭
我卻經常
饑腸
轆轆

臺北組曲

• 中華路 •

眾多

急躁的

腳

在背後

爭著踩死

每一個

不合節拍的

腳印

• 西門町 •

他們嘿嘿笑我

沒有詩人的氣質

不會欣賞

落在西門町

一陣

黑黑的雨

・武昌街・

一條修煉成形的
小黑龍
自滾滾塵煙裡
翻騰而出

整個下午
在詩人閉目打坐的
武昌街頭
苦苦尋覓
那兩個
不食人間煙火的
鼻穴

重逢
——返鄉組曲之四

深怕沖淡了重逢的歡樂

親友們彼此提醒

「過去的就讓它們過去吧！」

然後別過頭去

偷偷揩掉

到了眼角的淚水

然後在臉上

用力撐開

一張縐摺的笑容

像撐開

久置不用的一把陽傘

挑擔的老嫗
──返鄉組曲之七

眉笑眼開
把我手中笨重的行李
一把搶了過去
挑在肩上

頓時
她步態蹣跚
而咬緊的牙關
卻連連迸出
「不重不重！」

她不知道
她龜裂的腳板
正叭噠叭噠
一下下
重重打在
我負疚的心上

羅湖車站
——返鄉組曲之八

我知道

那不是我的母親

我的母親

她老人家在澄海城

十個鐘頭前我同她含淚道別

但這手挽包袱的老太太

像極了我的母親

我知道

那不是我的父親

我的父親

他老人家在台北市

這兩天我要去探望他

但這拄著拐杖的老先生

像極了我的父親

他們在月台上相遇
彼此看了一眼
果然並不相識

離別了三十多年
我的母親手挽包袱
在月台上遇到
拄著拐杖的我的父親
彼此看了一眼
可憐竟相見不相識

照鏡

經歷過那麼多大風雪
還在乎鬢邊這一點小霜

等單薄的葉子落盡
我再鼓腮來一陣狂飆

新詩一唱十三和

一

唐德剛先生在《胡適雜憶》裡說過這麼一段話：
「這兒我們也發現了舊詩還有一點好處為新詩所無。作舊詩的人——尤其是散處各地通信往還的人，大家可以『唱和』。友朋之間魚雁常通，一唱一和，雖千里如在尺尺，其樂融融。這一點新詩就辦不到了。這種『唱和詩』雖算不得『文學』，卻是極好玩的『娛樂』。」

讀到這段話時正是卡片滿天飛的去年年底，當時心裡頭頗不服氣。湊巧第二天收到詩人洛夫兄的賀年片，上面寫了一首『無題』小詩：

假如你是鐘聲
請把回響埋在落葉中

等明年春醒
我將以溶雪的速度奔來

一時心血來潮，何不也用『無題』試著「和」他一番：

假如你是太陽
請把最後一道強光收入陽傘

等明年春醒
我將為你撐出滿天絢爛

卡片寄出後，意猶未盡，又逢年假無所事事，便陸陸
續續一共寫了十三則，戲題為『新詩一唱十三和』，以示
新詩要唱和的話不但不會辦不到，而且綽有餘裕。

二

假如你是臨水的樹
請把倒影凝凍池底

等明年春醒
我將為你呵出一鏡子的天光

三

假如你是一朵小花
請把謙卑的頭微微抬起

等明年春醒
我好說：你真的一點沒有改變

四

假如你是窗子
請把帘幔低垂

等明年春醒
我將為你製造一點驚喜

五

假如你是詩人
請暖一壺千年老酒

等明年春醒

我來索幾首清香撲鼻的新詩

六

假如你是南飛的鳥

請把啼聲交給任一朵雲

等明年春醒

我將把你的鄉愁譜入第一聲雷

七

假如你是怕冷的蟲豸

請找個地洞去睡場大覺

等明年春醒

松鼠們將為你講一些海闊天空的故事

八

假如你是彩虹

請讓愛美的妹妹摺起收好

等明年春醒
你便成了她頭上的蝴蝶使人眼花繚亂

九

假如你是瀑布
請讓我輕輕把你捲起

等明年春醒
我將為你開個潑墨山水畫展

十

假如你是紙鳶
請記好你在天上的位置

等明年春醒
告訴我扯線的孩子又長高了幾寸

十一

假如你是河水
請繞嶙峋的石岬多來幾個漩渦

等明年春醒
我將扯著你一瀉千里

十二

假如你是鼓聲
請隨風散入千千萬萬苦難的心

等明年春醒
我來挨戶收集成驚天動地的蟄雷

十三

假如你是淚珠
請從堅忍的臉上消逝

等明年春醒
你再來為喜極的眼睛下一場滂沱的雨

獄卒的夜歌

夜夜
空曠的長廊上
雪亮的皮靴霍霍登場
愛跳踢躂舞的獄卒
俐落地
把怯怯探出頭來的思想
空罐頭般
一個個踢回柵欄

夜夜
愛吊嗓子的獄卒
把自白悔過了千百遍的
空氣
又拖進耳朵的密室施刑
啊──
冤枉呀！青天
你快快給我從實招來

夜夜
喜歡音樂的手指彈弄
腰帶上的一大串鑰匙
叮噹叮噹
警覺的耳朵便一隻隻豎起：
我的時候到了？

陰天

一肚子悲哀
卻怎麼也哭不出來

欲振無力的黑傘
遂沉沉成了累贅

山羊

夜觀天象
在山巔
光禿禿的巉岩上

奎星犯太白
不利於西川
可憐的是我們這些無辜的牛羊
又要跟著遭殃

在山巔
月黑風高的巉岩上
一個飄著銀鬚的老者
因識破天機
而咩咩大哭

虎1

你一皺眉
所有的耳邊
便呼呼響起風聲

蓄勢待撲——
嚇呆了的眼睛們
對著越張越大的
血盆大口
竟視若無睹不知走避
如受催眠

而你只不過
張嘴打了個哈欠
伸一下懶腰
在鐵柵欄裡

豬

　只要看一眼你這副嘴臉
　便知你是以食為天的族類

　但養得胖嘟嘟的身體
　要等到被刮得白白淨淨
　煮熟了抬上供桌
　獻給同樣以食為天的神人
　才披紅掛彩得到應得的風光

雞

聞鬧鐘起舞
一隻早起的
雞

在雞欄裡

狗1

虛張聲勢追得雞飛貓跳
以便安安穩穩做人類的最好朋友

這還不說，夜夜
牠豎起耳朵
把每個過路的輕微腳步
都渲染成
鬼號神哭

貓

溫柔體貼
在腳邊摩挲的
馴貓
總愛咪咪跟著你
把天真無邪的尾巴
擺在你不提防的鞋底

好讓你看看
狂牙怒背
一吼而山河變色的
猛虎本色

馬

不像退休的將軍們

牠從未把枯焦的戰場

幻想為可供馳騁的青青草原

更從未把高高堆起的人體

當成可一躍而過的柵欄

牛1

牛的悲哀
是不能拖著犁
在柏油的街上耕耘
讓城市的孩子們
了解收穫的意義

牛的悲哀
是明明知道
牠憨直的眼睛
無法把原屬星星月亮的少年
從霓虹的媚眼裡引開

鼠1

臥虎藏龍的行列
居然讓這鼠輩佔了先

要把十二生肖排得公平合理
只有大家嚴守規則
只許跑，不許鑽！

龍1

見首不見
尾的龍
我想我永遠不會知道
你是禽是獸是神是人

或者你只是
一個美麗的神話
但傳說在東方
一個美麗的島上
還有不少
你的傳人

蛇1

出了伊甸園
再直的路
也走得曲折蜿蜒
艱難痛苦

偶而也會停下來
昂首
對著無止無盡的救贖之路
嘶嘶
吐幾下舌頭

猴

調皮搗蛋的是你
他們卻去殺那無辜的雞

莫非他們把你當成猩猩
而惺惺，不，腥腥相惜

羊1

沒有比你更好應付的了
給你什麼草便吃什麼草
還津津反芻感恩不盡

即使從來沒迷過路
也不相信靈魂會得永生的鬼話
（永生了又怎麼樣？）
你還是仰臉孜孜聽取
牧羊人千篇一律的說教

而到了最後關頭
到了需要犧牲的時候
你毫無怨尤地走上祭壇
為後世立下了一個
赤裸裸的榜樣

獅

把目光從遙遠的綠夢收回
才驚覺
參天的原始林已枯萎
成一排森嚴的鐵欄

虛張的大口
再也呼不出
橫掃原野的千軍萬馬
除了喉間
喀喀的幾聲
悶雷

小草

被烤得死去活來的小草
再怎麼平反
都是一樣枯焦

卑微的心
只希望
阿諛的向日葵們
別再捧出
一個又紅又專的
大太陽

鳥2

我不知道
鳥在被迫南飛的時候
是否也會回過頭來
說些
「我將回來！」
之類的壯語

我只知道
年年
牠們吱吱喳喳回來
像一群天真未泯的鄉下孩子
爭著渲染
都市裡燈紅酒綠的驚險

鳥・四季

・春・

你若想知道

這明媚的日子裡

樹林與樹林間

最短的距離

任何有輕盈翅膀的小鳥

都會嘰嘰喳喳告訴你

不是直線

・夏・

正午

為一顆燃燒的流彈擊中

一隻小鳥

直直跌入

濃密的陰影

待牠悠悠醒來
發現正站在
一棵枝葉繁茂的樹上

能綠的都綠了

・秋・

什麼時候起
眼前
竟是一片模糊

越飛越高的鳥
發現
池塘裡自己的影子
越小越清晰

·冬·

游離空中的最後一絲水汽
終於也歸附
簷下的冰柱

在這樣的天氣裡
我怎忍苛責
小鳥的歌聲
短促而閃爍

鬥牛

一直到倒了下去

滾燙的血

把熱狂的眼睛

沖得雪亮

牠才發現

那揮舞的

大紅旗

根本不是

什麼鬼太陽

方城計

．中．

四位身經百戰的猛將

揮著染血的長劍

分別自四方

攻入城池

發現

圍了半天

又是一座

空城

．發．

自晦暗的額角

曲曲折折流入

淤塞的手背

誰能料到

這藍色多惱河

竟帶來
這般好運氣

・白・

下定決心
要摸一把
大三元

火辣辣的眼光
偶然觸及
對座少奶奶
鬆開的鈕扣裡
怕晒太陽的
酥胸

竟使他脫口叫出
一聲驚天動地的

碰！

落日
——悼畫家席德進

在航空寄來的海外版上
看到你狠狠把自己
鑿成一個傷痕纍纍
怒目切齒的鬥士

刀削的線條
一天比一天粗獷
竭盡全力孤注一擲
竟讓你戳到了
生命之泉
（有血汨汨湧出
自透明的塑膠管）

而你一邊喊痛一邊歡呼
找到了！終於找到了！
畫落日的最佳顏料

苦戀

多少個苦旱的日子
使你的臉龜裂如斯

你咧嘴苦澀地笑了
這是我的土地
而我是一株
離不開土地的白樺

狗·四季

·春·

百花齊放
百家爭鳴

以為會聞到
春之氣息
興奮的狗
聞來聞去
卻只聞到
一股
歷史的
尿騷味

·夏·

垂涎的狗
呼呼吹了半天

這日子
還是太燙

・秋・

一陣雁叫
槍聲響處
一隻獵狗
對著應聲下墜的
慘白月亮
直追了過去

・冬・

什麼時候
天空
又緊緊繃起臉來

警覺的狗
便一隻隻垂耳夾尾

能不吠

便不吠

這年頭

苟且不得

都市即景3

慾望

同

摩天樓

比高

鋼筋水泥的

摩天樓

一下子便甘拜

下風

對著

自它陰影裡

裊裊升起的人類慾望

吻

猛力
想從對方口中
吸出一句
誰都不敢先說的
話

五官1

　　· 耳 ·

眾聲喧嘩中
耳朵
被一陣突來的
靜默
震得發聾

　　· 目 ·

被人間不平
刺得血淚直流的
眼睛
終於見光就怕
連看朦朧詩
都要找個陰暗的
角落
眯著眼

‧鼻‧

吸吸呼呼
過濾了半天
這空氣
還是太濃

‧口‧

請唬唬
發出你仗義的
怒吼
請娓娓
訴說你美麗的
愛情

在膽怯的你
閉緊牙關之前

在心虛的他們
送你進牢籠之前

• 心 •

心有千千結
花花綠綠
在夢中
輕輕一扯
便蝴蝶滿天飛

我心頭的結只有一個
卻深深紮進肉裡
你嘴角一牽
就痛

芝加哥2
──一個過路的詩人說：沒有比這城市更荒涼
　的了，連沙漠……

海市蜃樓中

突然冒起

一座四四方方

純西方的

塔

一個東方少年

僕僕來到它的跟前

還來不及抖去

滿身風塵

便急急登上

這人工的峰頂

但在見錢眼開的望遠鏡裡

他只看到

畢卡索的女人

在不廣的廣場上
鐵青著半邊臉
她的肋骨
在兩條街外
一座未灌水泥的樓基上
根根暴露

這鋼的現實
他悲哀地想
無論如何
塞不進
他小小的行囊

非句集

·秋·

秋天
是忙碌的季節
有那麼多的夢
要掃

·醒·

醒來匆匆上完廁所
又鑽回溫暖的被窩

剛才夢到哪裡了？

·冬·

整個空間
在北風中搖盪
如一隻空空的
大鳥籠

石頭記

你再怎麼
捏起拳頭捶我
用滂沱的淚水
淋我
我都只能給你
一個無奈的
苦笑

至於掠過我臉上
那陣紅暈
我早告訴你
是夕照
你不信
我也沒法

讀書

打開書
字帶頭
句跟隨
一下子跑得精光

只剩下
一個暢銷的書名
以及人人談論的
作者的名字

果然好書

飽嗝

一個飽嗝
石破天驚而來

請原諒
這便便的大腹

鼠2

用一根
繃得緊緊的
失眠的神經
呲呲磨牙

誰都不知道
什麼時候牠會
突然停下來
張大嘴巴

喀喳！
試它們的鋒銳

牛2

再久遠的春天
一反芻
便綠

牛的嘴
經常
泛著白沫

虎2

睇著眼

貓一般溫馴

蹲伏在柵欄裡

武松那廝

當年打的

就是這玩意兒？

龍2

沒有人見過
真的龍顏
即使
恕卿無罪
抬起頭來

但在高聳的屋脊
人們塑造龍的形象
繪聲繪影
連幾根鬍鬚
都不放過

蛇2

接近泥土的東西
多半單純

你看這
蛇
自洞裡爬出
滑溜溜
不留任何
把柄

兔3

在我新築的

籬笆外

白兔的眼睛

對著

滿園子鮮綠的

菜蔬

隨太陽的升起

一刻比一刻

更紅得可愛

馬2

有時他們不得不
狠下心來
把跛了腳的
心愛的馬
射殺

挺直腰幹
英姿勃勃的
騎士形象
不容破壞

賣藝者

賣藝的猴子
學人的動作
伸手向人
要銅板

賣藝的人
學猴子的動作
伸手向猴子
要銅板

羊2

屠刀指向
自己咽喉的時候
才來咩咩
聲明自己不屬於
沉默的大多數

羊比猿猴
其實更攀得上
人類的血親

狗2

從來沒吃過狗肉
（雖然忝為廣東人）
所以能比較客觀地問

狗成為人類的好朋友
是在發現自己長有一身香肉
之前？或之後？

腳與鞋

起泡的
腳
扭曲著
向鞋子
覓求
妥協

腳與手

手解決不了的
腳來

帶著
不夠大的拳頭
腳
緩緩移動
然後
猛地撒開步子
絕塵
而
去

腳與沙

知道腳
歷史感深重
想留下痕跡

沙
在茫茫大漠上
等它們

腳與輪

一步一步窮走路的腳
禁聲慢行

其行如飛的風火輪
鳴喇叭冒黑煙來了

映像

我在鏡子前面
對著影子齜齜牙
吐吐舌頭
影子也對我齜齜牙
吐吐舌頭

我在匆忙的街上
對一個踩了我一腳的行人
狠狠瞪了一眼
他也狠狠瞪了我一眼

我在寧靜的夜裡
向天上的星星眨眼
星星也向我眨眼

我在露水的田野上
對著一朵小小的藍花
微微點頭

小藍花也在風中
頻頻對我點頭

今天我起了個大早
心情愉快地
對著窗外的一隻小鳥吹口哨
小鳥也愉快地對我吹口哨

我此刻甜蜜地回想
昨夜夢裡
那個不知名的小女孩
卻怎麼也想不起來
是她還是我
先開始的微笑

咳！白忙

柳樹

彎腰忙了一個下午

才把池塘

擦拭得晶亮

一群泥腳的野鴨子

便大搖大擺

呱呱走來

秋樹

入秋的樹
突然心慌起來
拼命把影子
拉得老長

危機
便在它腳下
菌般滋長

勞動者的坐姿

四平八穩的寶座
專為勞動後的休息而設

這位名正言順的王者
卻忸怩不安
側著身子危坐
怕滴落的汗水
沾污
潔淨的椅面

吃角子老虎

把油花花的銀子
拼命餵給
一張張
嗷嗷待哺的
嘴

燈燭輝煌的賭場裡
唐人街來的廚師
竟老眼昏花
把吃角子老虎
看成他
留在鄉下
一群永遠長不大的
孩子

戰爭的數字

雙方都宣稱
殲敵無數
雙方都聲明
我方無損失

誰也搞不清
這戰爭的數字
只有那些不再開口的
心裡有數

老人1

嚼檳榔的老人終於嚼到了孤寂
在鄉下未點燈的屋內
兒女們遙遠的臉在都市
霓虹燈眩目的閃爍裡

嚼口香糖的老人終於嚼到了孤寂
在都市霓虹燈的閃爍裡
兒女們遙遠的臉在美國
那人人嚮往的黃金地

嚼幸運餅的老人終於嚼到了孤寂
在唐人街公園晒了一天太陽的長凳上
就著昏黃的路燈他顫聲朗讀籤語
福壽雙全　　子孫滿堂

夢遊明陵

帝王們豢養的石獸
蹲坐在歷史甬道的兩旁
如一群馴畜

要不是我偶然回頭
看到牠們裝盲的眼
在夕陽下閃露兇光
我定會直直走進
那越張越大的血盆大口
不再醒來

默哀
——在芝加哥九一八紀念會上

閉起眼睛

卻看到

千萬隻圓睜的死不瞑目

靜默一分鐘

卻聽到

八年裂耳的慘呼

但此刻爬過我們臉頰的

已不僅僅是

四十五年前淹沒南京的血淚

此刻火辣辣爬過我們臉頰的

是在日本教科書上

以及兩天前的貝魯特難民營

先後復活的

全人類的羞恥

供桌上的交易

在香煙繚繞裡完成的
人與神的交易
多半是人佔便宜

失掉靈魂的豬羊雞鴨
吃起來一樣滋唇肥腸

而籤上的保證
再渺茫
總是希望

擔任掮客的廟祝們
因此兢兢業業
怕菩薩們突然認起真來
把被煙火燻得發黑的臉一沉
吼一聲
「人間事
你們自己去管！」

鳥籠與森林

為了使森林沉默
他們把聲音最響亮的鳥
關進鳥籠
從小到老到病到死
管它什麼鳥權

鳥們鼓譟
他們便把鳥籠
越造越大
直到有一天
鳥籠成了森林
但絕不沉默
只歌聲
變成啼聲

車群

跑天下
卻莽莽撞撞
跑上
寸步難移的
台北街頭

吞噬了
一雙雙閒適的腳
吞噬了
人類有限的一點空間
這群文明怪獸
終於飽暖思淫慾
污天染日之下
竟對放異臭的同類
春情發動
喋喋尾隨不捨

秋窗

進入中年的妻
這些日子
總愛站在窗前梳妝
有如它是一面鏡子

洗盡鉛華的臉
淡雲薄施
卻雍容大方
如鏡中
成熟的風景

運煤夜車

坍塌的礦坑
僥倖逃出的
一聲慘呼

照例呼不醒
泥醉的
黑心

只引起
嵌滿煤屑的
黑肺
徹夜不眠地
咳咳
咳咳
咳咳

磚

疊羅漢
看牆外面
是什麼

有一句話

有一句話
想對花說
卻遲遲沒有出口

在我窗前
她用盛開的生命
為我帶來春天

今天早晨
感激溫潤的我
終於鼓足勇氣
對含露脈脈的她說
妳真……

斜側裡卻閃出一把利剪
把她同我的話
一齊攔腰剪斷

夜聽潮州戲

又有哪一個白髮蒼蒼的頭顱
在刀光下隨鑼鼓咚咚滾出午門
又有哪一個後宮薄命的粉頸
在越絞越緊的絲弦中斷氣

廟前燈火輝煌的戲台下
一個熬夜的小戲迷
終於也垂首歪脖
在他父親的懷裡
沉沉睡去

醒來
已是幾個年代後的異地
戲早散
千百年的沉冤
想必也已在泛白的曙光裡昭雪

祇鑼停鼓歇的唱片
兀自嗡嗡轉動
一個不死的雄心
在密密紋溝圍困的垓下
一次又一次
舉劍自刎

惡補之後
——哀跳樓自殺的台灣女生

惡補之後

妳依然

繳了白卷

在模擬人生的考試裡

他們給妳出了一道

毫無選擇的

選擇題

生吞活咽下那麼多

人名地名年代生字符號

公式條文定義定理定律

終於使妳消化不良的腦袋

嚴重積食

使妳不得不狠下心來

統統挖出吐掉

而當妳奮身下躍
遠在幾千里外的我
竟彷彿聽到
一聲慘絕的歡叫

搞懂了！終於搞懂了！
加速度同地心引力的關係

山

小時候
爬上又滑下的
父親的背
仍在那裡

仰之彌高

黃河2

溯

挾泥沙而來的

滾滾濁流

你會找到

地理書上說

青海巴顏喀喇山

但根據歷史書上

血跡斑斑的記載

這千年難得一清的河

其實源自

億萬個

苦難泛濫

人類深沉的

眼穴

霧1

摘掉眼鏡

赤裸

看

世界

遊牧民族

不是牛羊
卻也見異思遷
成群結隊
逐更青綠的水草而居

什麼時候
我們竟成了
無根的遊牧民族
在自己肥沃的土地上
痴望著遠方的海市蜃樓
思鄉

春天

來！我帶你們去看春天
看春雷的大鬧鐘一響
便把貪睡的小草小花們叫醒
不用媽媽操心
看他們伸懶腰打哈欠然後揉揉雙眼
哇！天空原來比夢裡的還大還蔚藍

看冬眠的動物紛紛從土裡探出頭來
卻被刺眼的陽光逼得縮了回去
但禁不住外頭熱鬧的引誘
終於一個個加入蹦跳嬉戲追逐的行列

看剛從遙遠的南方回來的小鳥們
一會兒跳上一會兒跳下
忙得松樹老公公前後左右照應不暇
他們吱吱喳喳越講越驚險的故事
使老公公的臉上一下子笑一下子驚訝

看春雨率領勞動服務的隊伍
用勤快的小手
從這小巷洗到那大街
從這村莊洗到那城鎮
從這樹林洗到那草原
然後請公正的太陽出來評判
是街上的窗晶瑩
還是野地裡的池塘明亮

看柳樹這位不修邊幅的畫家
一大早在湖邊用他那把大鬍子作畫
只那麼東一刷西一抹
便在土灰色的大地上
完成了一幅嬌紅嫩綠的美麗傑作

來！我們一起去看

瀑布
——黃石公園遊記之一

吼聲
撼天震地
林間的小澗不會聽不到
山巔的積雪不會聽不到

但它們並沒有
因此亂了
腳步

你可以看到
潺潺的涓流
悠然地
向著指定的地點集合
你可以聽到
融雪脫胎換骨的聲音

永遠是那麼

一點一滴

不徐不急

觀瀑
──黃石公園遊記之二

深山中
多的是幽洞玄天
可以獨坐
可以冥想

我卻仰頭站在這裡
滿懷喜悅
看萬馬奔騰的水壁
滔滔湧現
禪機

夢之圖案
──黃石公園遊記之四

太陽一下山
潛伏林中的野獸
便推擠著湧向林邊
把閃閃發光的眼睛
嵌入
枝與葉間的空隙

美麗的
夢之圖案
蠢蠢欲
騰空而去

命運交響曲

碰疼砰痛——
是命運那老鼓手
用一個不肯走後門的
驕傲的額頭
在前門緊閉的
牆上
定音

中途噴泉盆地
——黃石公園遊記之五

沒有襤褸小孩貪羨的眼光
擠進掛在他便便大腹上的鏡頭
只有妖顏怪色張得大大的岩嘴
嘶嘶噴射
直接來自地獄的毒霧

走在木板搭成的走道上
他迫切需要
一群兜售土產的小販
喧嚷著扯他的衣袖
提醒他
這是人間
而他只是
一個過境的觀光客

啞

1.

伶俐的嘴
有時候
比啞巴還
啞

連簡簡單單的
我——
都不敢
說

2.

火山口直直噴出的
啊啊啊啊啊
比伶牙俐齒
更滔滔雄辯
更耐聽
更爽

狗運
——聞大陸捕殺二十萬隻狗有感

多少年
明交暗交純交
但多半是雜交
生下來的
幾十萬狗類
在狗口專家的一聲令下
紛紛跳入
熱汽蒸騰的香鍋

交錯的筷子下
牠們狗運亨通
終於都成了
人類最要好的朋友

看划龍船

如果鼓聲是龍的心跳
那幾十支槳該是龍的腳吧

鼓，越敲越響
心，越跳越急
腳，點著水
越走越快越輕盈

而岸上小小的心啊
便也一個個
咚咚咚咚咚咚
一起一落
一起一落

爸爸們！請牽牢你們孩子的小手
說不定什麼時候

他們當中會有人
隨著龍的一聲呼嘯
騰空而起

領帶

在鏡前
精心為自己
打一個
牢牢的圈套

乖乖
讓文明多毛的手
牽著脖子走

石子

火煉過水浸過
雨打過風刮過
這顆晶瑩渾圓的
小石子
此刻被放在
陽光耀眼的路上
靜靜等待
一隻天真好玩的腳
一路踢滾下去

新年

正零時

他們照例對著酒杯

唱依依的驪歌

黯然送走

一年前鄭重立下的誓願

然後轉過身來

齊聲歡呼

當新的決心

自脫胎換骨的香檳酒裡

源源冒出

成為

飄滿空中

五彩繽紛的氣球

羅網3

一個張得大大的嘴巴
是一個圓睜的網眼
許多個張得大大的嘴巴
用綿綿的饞涎編結
便成了
疏而不漏的天羅地網

咀嚼聲中
珍禽異獸紛紛絕種
咀嚼聲中
彷彿有嘴巴在問：

吃下了那麼多補品的人類
到底是個什麼滋味

春2

一張甜美
但太短的
床

冬眠裡醒來
才伸了個懶腰
便頂頭抵足

天使降臨貝魯特

——我的心同和平遊行的孩子們在一起

天使們終於降臨了貝魯特

白衣白帽白翅膀的小天使

捧著青綠的橄欖枝

呼著和平的口號

並且把一朵朵含苞待放的玫瑰

分送給沿途看熱鬧的兵士

這是一個陽光亮麗的日子

一個唱歌遊行喧笑的好日子

小天使們的心卻充滿了惶憂

他們知道

仇恨的炮眼

此刻正在他們的頭頂上

眈眈對視

他們知道

他們微弱的呼聲

很快會被隆隆的炮聲淹沒

他們知道

鮮血將染紅

他們一身潔白

他們知道

手上的橄欖枝

將在硝煙裡迅速萎落

他們知道

含苞待放的紅玫瑰

將在兵士們的狂笑裡

綻開在一個個無辜的胸上

這是一個晴朗的日子

一個洋溢著希望的好日子

小天使們的心卻充滿了迷惘

上帝與真主

為什麼雙雙別過頭去不再眷顧
是什麼不可救贖的原罪
使他們被久久逐出
這陽光亮麗的人間樂土

國殤日

在阿靈頓國家公墓
他們用隆重的軍禮
安葬自越戰歸來
這位無名的兵士

但我們將如何安葬
那千千萬萬
在戰爭裡消逝
卻拒絕從親人的心中
永遠死去的名字

功夫茶

一仰而盡
三十多年的苦澀
不堪細啜

您卻笑著說
好茶
該慢慢品嘗

祭壇

在聖戰中犧牲的
上天堂
為真主捐軀的
上天堂

上天堂
上天堂
白鬚白髮的祭司
一邊忙著替年輕的死者
（有的才不過十二、三歲哪！）
作勢指路
一邊躊躇滿志地環顧
血肉模糊的軀體
正高高堆起
成為祭壇

春天的消息

張大的嘴巴要麵包
他們卻來兜售飛機坦克與大炮

在軋軋輪帶犁過的田地上
炸彈是最速長的種子

一開花
便可收成

噴嚏

啊秋啊休
花粉熱
一隻蜜蜂
突然發現自己
患上了花粉熱

啊──
一個超了大半輩子現實的
詩人
突然發現
自己寫過的意象
句
字
甚至標點
竟都成了
鼻腔裡難忍的
癢

啊秋啊休啊朽

非洲小孩

一個大得出奇的
胃
日日夜夜
在他鼓起的腹內
蠕吸著

吸走了
猶未綻開的笑容
吸走了
滋潤母親心靈的淚水
吸走了
乾皺皮下僅有的一點點肉
終於吸起
他眼睛的漠然
以及張開的嘴裡
我們以為無聲
其實是超音域的

一個

慘絕人寰的呼叫

外星人

外星人！
晚間新聞的電視上
出現了
好多外星人

額頭突出
黑黝黝
皮包骨
兩隻大眼睛
從深陷的眼眶裡
直直瞪視

什麼？
快餓死了的非洲人？
怪不得
那絕望漠然的眼神
似曾相識

艷舞祭

火辣辣的艷舞
人愛看
神必也喜歡

香車前
萬頭攢動
爭睹半透明的花裙
隱約顯露天機

而本來被高高抬起的神輿
在電子琴音洶湧的肉海上
越漂越遠
越遠越無神氣

芝加哥之冬

堅如鋼鐵

都有戰慄的時候

何況牙齒

冰雪的十字街頭

紅燈輪流燃燒

讓所有的眼睛

都有機會取暖

而衝刺過街

光靠兩隻腳是不行的

還得有雙手

握住帽沿

把頭皮扯緊

去頂風

做詩

直到妻子溫存的眼光
也結了冰
詩人才驚覺
籠罩自己臉上的冷
竟是恁般深重

但大地
為了開出第一朵花
必須忍耐
長長的冬

就這樣
他又一次
理得而心不安
苦苦地等待
一聲清脆的爆響

冰破裂　眉頭舒展
安祥地他攤開稿紙
寫下第一個字

皺紋

白天
密佈在你漠漠臉上
這些時間的運河
是乾涸的
只偶而有風砂
颯颯橫過

但每夜
水自深處洶洶湧起
漫出眼睛的古井
將它們一一注滿

而你便如首次出航的水手
興奮地駕起
破舊的記憶之舟
在這沒有出口的迷陣裡
左衝右突
直到天明

零下二十七度
——芝加哥最冷的一天，美國總統就職日

到了這個地步
縮頭縮腦的水銀
已不能告訴我們什麼
甚至我們自以為敏銳的感觸

除非我們也蜷縮在大廈的出氣口
乞取一點活命的餘溫
我們怎會知道
無家可歸的刻骨痛苦

除非我們也擠身衣香鬢影的御宴
在白色光圈下載歌載舞
我們怎能理解
攀龍附鳳的黑人明星的矛盾——
歌功頌德之後
如何去面對
在饑餓線上掙扎的同族

而我們將用什麼來量測
在爐邊烤火的良知
一面是熱血奔騰的憤慨
一面是冷漠怯懦的沉默

角

造成之後
神曾把玩終日愛不忍釋
將它撫摸得光滑潔潤
晶瑩奪目

又恐凡俗的手沾污了它
便教挨近的人
時時感到
它如矛的鋒尖
正定定對準
他的脅下

肚皮出租

萬眾矚目的
　　肚
　　　皮
　隆起

　　　愛
　　　錢
　　　的
　　結晶

附記：聞美國首宗為別人懷孕生小孩的報導有感。

路3

再曲折
總是引人
向前

從不自以為是
唯一的正途
在每個交叉口
都有牌子標示

往何地去
幾里

越戰紀念碑

一截大理石牆
二十六個字母
便把這麼多年青的名字
嵌入歷史

萬人塚中
一個蹣蹣獨行的老嫗
終於找到了
她的愛子
此刻她正緊閉雙眼
用顫悠悠的手指
沿著他冰冷的額頭
找那致命的傷口

芝加哥小夜曲

黃昏冷清的街頭

蠻荒地帶

一輛門窗緊閉的汽車

在紅燈前緩停了下來

突然

後視鏡裡

一個黑人的身影

龐然出現

先生，買……

受驚的白人司機

猛踩油門

疾衝過紅燈

如野兔逃命

……買把花吧

今天是情人節

太空輪迴

許多人會把它當成
到天國的中途站
一去一千九百哩
天國還會遠嗎？

甚至有人會認為
六千三百多萬年
已夠永恆
特別是那些
自知鑽不進針孔的
便便大腹
這裡，上帝不是
最後的審判者

當然還有些細節需要考慮
比如，搞不搞種族隔離
像南非一樣
以保持白骨的純粹？

或者，只要有錢

阿貓阿狗都可訂位？

附注：報載美國政府已批准休士頓一家太空服務公司的申請，用火箭載
　　　人類的骨灰上太空。根據計劃，一萬多個骨灰將在離地球一千九
　　　百哩的軌道上至少繞行六千三百萬年。

踏水車1

千山萬水
路
只有面前這一條

終於
血氣方剛的少年
耐不住寂寞
使性狂奔了起來

內疚拖累的父親
只好嘆口氣
跟蹌跟上

踏水車2

路
再無涯
不能不走

腳
再呻吟
也得趕上

一千零一夜

聽一個故事，殺一個妻
殺一個妻，聽一個故事
這樣的天方夜譚
幼小的我
竟深信不疑

人，總有長大的時候

誦一段經，殺一批異教徒
殺一批異教徒，誦一段經
這樣的天方夜譚
現在的我
才深信不疑

人，總有長大的時候

春雷

1

半夜裡把我吵醒

還理直氣壯

說

你的心

不也蠢蠢欲動？

2

半夜裡把我叫醒

說

聽

我蠢蠢欲動的心

廟

天邊最小最亮的那顆星
是飛聳的簷角

即使是這樣寬敞的廟宇
也容納不下
一個唯我獨尊的
神

梯田

胼手胝足

在陡峭的山坡上

造綠毯的階梯

給神踏腳

登

天

漂水花

擺了半天

騰空的姿勢

卻最多只在水面上

跳跳躂躂

那麼個

六

七

八

九下

即使這樣

也已夠我們

拍手大叫的了

當圓形的夢

一個接一個

向著無邊的大海

激盪開去

南非，不准照相

沒有多事的鏡子
這世界便不會有醜惡

所以他們要搗毀
那些咄咄
使他們原形畢露的
照妖鏡

他們卻忘了
天上的星星
地上的湖泊
還有億萬隻眼睛
也都晶瑩雪亮
黑白分明

投資

香火鼎盛的廟裡
人們用金箔
裝飾一座座
被燻黑了臉孔的
神像

期待諸神
金碧輝煌之後
能大顯神通
替他們裝飾
浮塵的天空
沾毒的地
枯萎的草木
油污的水
冷漠的眼光
自棄的心……

對話

妳在逃什麼，老太太？
軍隊！
什麼樣的軍隊？紅軍？白軍？
軍隊！

妳在躲什麼，年輕的母親？
炮彈！
哪來的炮彈？東方？西方？
炮彈！

妳在哭什麼，小妹妹？
血！
誰的血？人？動物？
血！

附注：此詩首節採自電影『濟瓦哥醫生』裡的一段對話。

時差1

躺在床上

耐心地

等

等地球那一頭

落日的窗口

一雙沉思的眼睛

幽幽抬起

頓時驅散了

我一房間

清醒的黑暗

長恨歌

後宮佳麗三千人
三千寵愛在一身
　　　——白居易

　讓千千萬萬
　土裡土氣的種田腳
　龜裂膿瘡的拾荒腳
　疲累絕望的流浪腳
　去哇哇大唱
　他們的長恨歌

　後宮佳麗三千雙
　三千雙既佳且麗的鞋子
　只寵愛一雙
　伊美達的
　腳

附記：聞菲律賓「遜后」IMELDA（伊美達）在後宮囤鞋三千雙有感。

蓬鬆的午後

輕手輕腳

怕驚動

樹下一隻松鼠

在啃嚼

早春鮮嫩的

陽光

卻仍引起

一聲告警的鳥叫

但松鼠急急爬上樹梢

顯然不是為了驚恐

在牠縱躍過的枝椏上

燦然迸出

春風得意的

綠

鬱金香

春天派來的
一群小記者
舉著麥克風
在風中
頻頻伸向
路上的行人

平時那麼愛曝光的大人
卻都搖搖頭
表示沒意見

只有推車裡的嬰兒
同樹上的小鳥
爭著發表
對春天的讚美
用單純原始的聲音
沒有語言的虛飾

長城

1

文明與

野蠻的爭鬥

何其艱烈

你看這長城

蜿蜒起伏

無止無休

2

是什麼樣的浪漫豪情

使我們爭先攀登

高聳嶙峋的背脊

去瞻望

自動調距的鏡頭裡

萋萋的歲月

蜿蜒萬里的

龍的殘骸

珍妃井

1.

珍妃該死——
茶杯裡的風波

珍妃死——
井裡的風波

死——
海的風波

2.

張著嘴
等
聽話的奴才們
餵它
另一個
不聽話的珍妃

秦俑

捏來捏去
還是泥巴做的東西
最聽話可靠

你看萬世之後
這些泥人泥馬
仍雄赳赳氣昂昂
（雖然也有幾個經不起考驗
斷頭折腿仆倒）
仍忠心耿耿捍衛
腐朽不堪的地下王朝

紫禁城

何等殘酷的刑罰
被推出午門斬首的老臣
必須踉蹌走過
一條長廊又一條長廊
一個宮院又一個宮院
一道宮門又一道宮門

曲折的宦途
迢遙的絕路
讒言鐐銬的沉重腳步
在凹凸不平的磚地上
依稀仍可辨識

桂林

1.

圓齒的鋸
鋸心最好

白堊般的心之橫切面
年輪赫然
仍有綠汁滲出……

2.

洶湧的波浪
在陸地上凝住

人類擱淺了的
原始的愛

回音壁

有求必應

而我們並不在乎
我們聽到的回音
只是模糊卑微的自己
不來自上帝

九龍壁

張牙舞爪
九條龍
每一條
都在擺明

唯我獨真

假惺惺的春天

冬天

正直仁慈

比起

假惺惺的春天

用風言鳥語

引誘種子們

把健忘的腦袋

伸出黑色的地面

好讓亮閃的霜刀

大把大把收刈

被擠出風景的樹

被擠出焦距
樹
眼睜睜
看又一批
咧嘴露齒的遊客
在它的面前
霸佔風景

冬令進補

想吃雛雞

沒事幹

便把女兒

送去華西街

當雛妓

吃了雛雞

沒事幹

便把自己

送去華西街

找雛妓

蒲公英

天邊太遙遠
蒲公英
把原始的遨遊夢
分成一代代
去
　　接力
　　　　飛揚

狗一般

有罪！
一個白人手裡的球棒大叫
黃色有罪！

就這樣
一個黃人被狗一般活活打死

無罪！
一個白人手裡的法槌大叫
白色無罪！

就這樣
一個白人被狗一般活活開釋

附注：汽車城底特律的華裔工程師陳果仁，因細故被白種工人誤認為搶
　　　飯碗的日本人，活活用球棒打死。事後白人法官祇判罰款的微刑
　　　了事。

螢火蟲1

不聲不響
把個遙遠的仲夏夜夢
一下子點亮了起來

沒有霓虹的迷幻
也不廣告什麼

夏晨鳥聲

有露水潤喉
鳥兒們有把握
黑洞裡睡懶覺的
蚯蚓
遲早會探出
好奇的
頭

微雕世界

橫放
直放
或斜放
這米粒上的宇宙
才能有更多的空間
繼續膨脹

楓葉

從一大片綠裡
現身說法
這——才——是——
紅——

中秋夜2

從昂貴的月餅中走出
一枚仿製的月亮
即使有霓虹燈頻拋媚眼
膽固醇的陰影仍層層籠罩
如趕不盡殺不絕的大腸菌

就在這時候
我聽到你一聲歡叫
月亮出來了！
果然在遙遠的天邊
一輪明月
從密密的時間雲層後面
一下子跳了出來

啊！仍那麼亮
那麼大得出奇

鐘錶店

1

長腿短臂
呼么喝六
在圍獵時間

只有一個智者
靜坐在角落
守株待兔

2

什麼時候了
還各
走
各

草裙舞2
──夏威夷遊記之二

眼睛，一隻隻
被撩撥得
陽光亮麗
捕風捉影的
鏡頭
竟左右搖擺
久久拿不定主意

對著，啊
婆娑起舞的
穿紅草裙的少女
穿綠草裙的椰樹
穿暗紅鑲邊草裙的火山
穿銀白鑲邊草裙的大海⋯⋯

珍珠港
——夏威夷遊記之五

聽說腰纏萬貫的日本人
已陸續買下
這島上最豪華的觀光旅館

說不定有一天
這批鞠躬如也的生意人
會笑嘻嘻買下
這一段血跡斑斑的歷史
名正言順地
整修粉飾

土生土長的土褐色
——夏威夷遊記之六

差點被數字脹死的
華爾街
終於狂瀉不止
使遠在威奇奇沙灘上
大晒其太陽的進紅臉孔
都一下子慘白了起來

終年同陽光親昵的土褐色
在土生土長的勞動者身上
因此更顯得
渾厚真實

集中營

當年被囂張的槍送入

奧許維茲的

猶太人

如今照樣用囂張的槍

把自己送入

上帝許諾的

樂土──

血跡擴張的版圖

附注：奧許維茲（Auschwitz）位於波蘭，第二次世界大戰期間納粹用來
作為消滅猶太人的集中營之一。
樂土（The Promised Land）即迦南（Canaan），現為以色列所在
地。聖經故事裡上帝許諾給猶太始祖亞伯拉罕及其後裔的土地。

行走的花樹

我只是個種花人
你說
帶著謙卑的微笑

在都市文明的荒漠裡
在遠離肥沃泥土的天台上
你孜孜澆灌
要為這世界
增添一點
欣欣向榮的喜色

當感恩的花朵
紛紛開向
朝陽的天空
我看到花白了頭髮的你
提著滿溢的水壺

蹣跚穿行

竟是，啊，萬紫千紅中

一株最耐看的花樹

學畫記

不是每一抹晚霞
都燃燒著熊熊的慾火
憂鬱的原色
並不構成天空的每一片藍

所有陽光蹦跳的綠葉
都有一個枯黃飄零的身世
每一朵流浪的白雲
都有一張蒼白的小臉在窗口癡望

在斑爛的世界大色板上
你調了又調
知道遲早會調出
一種連上帝都眼紅的顏色

在密西根湖邊看日落

猛燒了一天
想把每張作孽的臉都燒成黑炭
卻在最後關頭
又軟下心來
把通紅的大火球
扔進水裡

吱吱聲中
我看到大得像海的密西根湖
整個沸騰了起來
載浮載沉的空罐，針筒，塑膠杯盤⋯
便紛紛從地球的每一個水面
湧向這翻滾的大鍋

昏暗不點燈的餐室裡
一個孤單的老人
正咕噥舉起
他的刀叉

疲勞審問

毒日當空

不知已燒昏了多少個日夜

他只感到

躲在陰影裡的獰笑

一陣陣

冰刺他麻木的脊梁

使他強撐

血汗膠凝的眼皮

去怒視

辣辣刺目的現實

他已坦白招供

從此不再開口

良知

是他唯一的共謀

假如今天

假如今天
這世界沒有了新聞

熒光幕一片渾沌
鏡頭找不到曝光的對象
作秀的嘴喑啞無言
槍口沉默
炸彈拒絕開花

失去情節的連續劇
被一把扯斷
愛恨盤錯的糾葛
從此不再纏綿

假如今天，啊
這世界沒有了新聞

有希望的早晨

不管天氣預報員怎麼說
這是個有希望的早晨

我已經看到
此呼彼應的尖銳鳥鳴
在漆黑的天空上
劃出一道道
長長短短粗粗細細的弧線
透露天光

溫室效應

自從在溫室裡

培養出不朽的塑膠花

使春天過敏的鼻腔不再發癢

自命為上帝的人類

便處心積慮

要用不銹鋼

打造一個

空前絕後的嶄新世界

你看呼呼作響的火爐

正越燒越旺

螢火蟲2

不屑與諂媚的霓虹燈爭寵
螢火蟲遠離都市
到黑夜的曠野去等候
久別重逢的驚喜

火花一閃
一個流落的童年
便燦然亮起

公雞

才寫了幾首關於雲的詩

霸氣橫溢的公雞

便咯咯宣稱

整個天空屬於他

躊躇滿志

他把飄逸的白雲

裁成附庸風雅的尾羽

把鑲邊的金雲

作為傲視群倫的桂冠

把密佈的烏雲

拿去裝飾他憤世嫉俗的眉頭

而當雷聲一響

他頭一個鑽入雞寮

珍惜羽毛的他

可不願作

不識時務的落湯雞

盆栽

鐵絲纏過的小腳
一扭一拐
在有限的方圓內
跛度一生

夕陽

終於平易可親
連凡夫俗子
都敢張目以對

滿佈血絲的眼睛
要等最後一隻歸鳥平安入林
才恬然閉上

菩提樹

每天走過你的身邊
卻一直想不起你的名字

直到今天早晨
有人魔曲般唱起
井旁邊大門前面
有一棵……

菩提樹！
怪不得你那麼
親切面熟

秋日林邊漫步

小小的寒流一臨境

警覺的樹

便紛紛抖落

招風惹雨的葉子

一個個

面容冷肅起來

只有幾株今年才長出來的小樹

沒見過冰雪的模樣

仍在那裡踮腳引頸

新鮮興奮地

綠

銅像
──柏楊曰：「任何一個銅像最後都是被打碎的」

小小的銅像是醜陋的
打碎！打碎！
我們的英雄說得斬釘截鐵

大大的銅像是美好的
萬歲！萬歲！
我們的英雄喊得興高彩烈

附記：根據來自台北的消息，以《醜陋的中國人》一書聞名的柏楊（
　　　1920—），最近結束了大陸探親之旅返台。報導中並說：「……
　　　柏楊的家鄉在河南輝縣。他在北京即聽說家鄉給他立了一個銅
　　　像。柏楊一聽，覺得這不像話，應該打碎。『任何一個銅像最後
　　　都是被打碎的』。但他還是忍不住想去看看。就在河南省新鄉市
　　　到輝縣的公路上，柏楊看到之後，大吃一驚！銅像有他本人的兩
　　　倍大，……柏楊以為一點點大，敲了就算了。但，這樣一尊龐然
　　　大物，使他非常感動。『這時候若我堅持打碎，就太矯情了。當
　　　時心中十分感激。』」

他們用怪手挖樹

連根帶泥
他們把樹一棵棵挖走
使本來已夠暗淡的天空
更加失明

明天他們將在這塊草地上
造一棟鋼筋水泥的大樓
用閃閃爍爍的玻璃
裝飾深沉空洞的眼穴

霧3

1.
濕潤
的
眼睛

悲憫
看
人間

2.
莫非
上帝也在趕
時髦

面對著穹蒼
猛灑
噴髮膠

唱反調的雪

小孩的心溫熱
雪冷冰冰

小孩的臉通紅
雪白茫茫

小孩的笑聲響亮
雪靜悄悄

小孩的腳愛冒險
雪卻把地面鋪平
讓清清楚楚的腳印
永遠逃不出
屋裡的小母親
頻頻抬起的眼角

故事

狗閉著眼
但老人知道牠在傾聽

溫情的背
正越挨越近

性急的小狗

猛跑幾步
又折回頭
猛跑幾步
又折回頭

興奮的小狗
頻頻催促
搖搖晃晃剛學會走路的小主人

前面
一片平坦亮麗

再看鳥籠

打開
鳥籠的
門
讓鳥飛

走

把自由
還給
天
空

附記：多年前曾寫過一首題為〈鳥籠〉的詩：「打開／鳥籠的／門／讓
　　　鳥飛／／走／／把自由／還給／鳥／籠」。當時頗覺新穎。今天
　　　看起來，仍不免有它的局限。因為把鳥關進鳥籠，涉及的絕不僅
　　　僅是鳥與鳥籠本身而已。

十行詩

在

人不安

地不安

天更不安的

天安門廣場上

我用這浸滿血淚的十行

為一百多三百多七百多三千多……

越報越大的數字

收

屍

表態與交心

他們要你說的話
你都背誦如流地照說了
他們要你表的態
你都塗脂抹粉地照表了

得意的他們嘿嘿笑了
你不得意
卻也跟著嘿嘿笑了

而為了保證天下太平
萬歲萬歲萬萬歲
他們硬逼你交心
你交了
是一個使他們既開心又放心的
死心

在病房

自高懸的塑膠袋點滴漏下
蜿蜒流過膠管
進入你一動不動的手臂
那透明的流質
是時間嗎？

翻滾心頭的水
潺潺流過
曲折嶙峋的山澗
平靜地
進入
海

對死者我們該說些什麼
——紀念天安門事件後一週同日去世的父母

對死者我們該說些什麼
說陽光亮麗開滿小紅花的草地上
兩隻蝴蝶正在嬉戲追逐
說歌喉圓潤的三隻小鳥
正在林間此起彼落地唱和
（除了快樂，我們再聽不到別的）

對死者我們該說些什麼
說陽光亮麗開滿小紅花的草地上
兩隻追逐嬉戲的蝴蝶
終於逃不出
陰影裡窺伺的網眼
說歌喉圓潤的三隻小鳥
正在那裡嘔心表態歌功頌德
（除了悲哀，我們再聽不到別的）

生的快樂

死的悲哀

生的悲哀

死的快樂

對死者我們該說些什麼

學鳥叫的人

臨出門的時候

尖著嘴的妻子

在他臉頰上

那麼輕輕地

啄了一下

竟使這個已不年輕的

年輕人

一路尖著嘴

學鳥叫

惹得許多早衰的

翅膀

撲撲欲振

底片世界

敲鑼打鼓

他們在一個
黑白顛倒的
世界裡
慶祝光明

黑白分明的驚喜
──南非廢除種族隔離的第一步

公共汽車上
這位新鮮的黑女人
把大大的眼睛
睜得比前後夾坐的白皮膚
還白

要給世人
一個黑白分明的
驚喜

入秋以後

入秋以後
蟲咬鳥啄的
小小病害
在所難免

但他不可能呻吟
每個裂開的傷口
都頃刻間溢滿了
蜜汁

新詩創作年表與發表處所

浮士德	創作時間：1980.1.13 發表處所：《笠詩刊》（96期）；《世界日報》（1990.10.11）；《白馬集》；《非馬集》；《非馬的詩》
除夕	創作時間：1980.2.15 發表處所：《笠詩刊》（96期）；《自立副刊》（1983.4.15）；《海洋副刊》（1984.1.2）；《詩歌報》（1989.8.6）；《四國六人詩選》（1992.12）；《白馬集》；《非馬集》；《四人集》；《非馬的詩》；《鄉愁——台灣與海外華人抒情詩選》（1990.3）；《世界華人詩歌鑒賞大辭典》（書海出版社，太原，1993年3月）
日出日落	創作時間：1980.3.14 發表處所：《聯合副刊》（1980.9.26）；《亞洲現代詩集》（第1集，1981）；《聯副三十年文學大系》；《亞美時報》（1990.12.22）；《東方文化》（56期，2001.11.31）；《白馬集》；《非馬短詩精選》；《非馬自選集》；《非馬的詩》；《非馬集－台》；《華夏詩報》（17期）；一刀文學網非馬專欄；《揮動想像翅膀-精選當代名家詩作》（蕭蕭主編，聯合文學，2006）
花開花落	創作時間：1980.3.19 發表處所：《笠詩刊》（97期）；《海洋副刊》（1983.4.15）；《亞洲現代詩集》（第1集，1981）；《四國六人詩選》（1992.12）；《白馬集》；《非馬集》；《非馬集－台》；《篤篤有聲的馬蹄》；《非馬短詩精選》；《非馬自選集》
睜眼閉眼	創作時間：1980.3.27 發表處所：《笠詩刊》（97期）；《白馬集》；《非馬自選集》；《非馬的詩》
月出月落	創作時間：1980.4.23 發表處所：《笠詩刊》（101期）；《世界日報》（1985.4.4）；《白馬集》；《非馬短詩精選》；《非馬的詩》
火山爆發	創作時間：1980.6.21 發表處所：《台灣日報》（1984.8.16）；《世界日報》（1984.10.14）；《四國六人詩選》；《白馬集》；《非馬的詩》；《詩刊》（2002.3.上半月刊）；《台灣詩學季刊》（38期，2002.3）；《詩選刊》（2002.5）

端午	創作時間：1980.6.29 發表處所：《笠詩刊》（103期）；《聯合副刊》（1987.8.24）；《潮陽詩選》（1988.11）；《白馬集》；《四人集》；《非馬的詩》；新詩歌（網絡電子詩歌月刊，2003.6）
花☆煙火	創作時間：1980.7.4 發表處所：《大地》（2期）；《笠詩刊》（113期）；《海洋副刊》（1983.4.5）；《香港文學報》（1992.7-9）；《四國六人詩選》；《煙花與文化》；《白馬集》；《非馬集》；《非馬短詩精選》；《非馬自選集》
宵夜	創作時間：1980.7.29 發表處所：《大地》（2期）；《亞美時報》（1990.7.21）；《台灣時報》（1989.10.8）；《白馬集》；《四人集》；《非馬短詩精選》
臺北組曲	創作時間：1980.10.18 發表處所：《笠詩刊》（102期）；《遠東時報》（1981.3.17；1981.3.31）；《白馬集》；《四人集》；《非馬集－台》；《非馬短詩精選》；《地球村的詩報告》（江天編，1999.3）
重逢	創作時間：1980.10.18 發表處所：《笠詩刊》（104期）；《遠東時報》（1981.1.13）；《聯合副刊》（1981.3.31）；《羊城晚報》（1986.9.18）；《聯副三十年文學大系》；《四國六人詩選》（1992.12）；《華報》（1994.8.4）；《潮陽文苑》（1994.8）；《黃河詩報》（1997年1-2期）；《桂嶼文學社季徵》（4期，1994.9）；《華報》（1997.1.31）；《台灣詩學季刊》（22期，1998.3）；《白馬集》；《非馬集》；《篤篤有聲的馬蹄》；《非馬短詩精選》；《非馬自選集》；《非馬的詩》；《露天吧4——一刀中文網在線作家專號》
挑擔的老嫗	創作時間：1980.10.18 發表處所：《笠詩刊》（104期）；《海洋副刊》（1982.12.2）；《華報》（2001.7.13）；《白馬集》；《非馬集》；《篤篤有聲的馬蹄》；《非馬短詩精選》；《非馬的詩》
羅湖車站	創作時間：1980.10.18 發表處所：《笠詩刊》（104期）；《遠東時報》（1981.1.13）；《海洋副刊》（1982.12.2）；《羊城晚報》（1986.9.18）；《華報》（1994.9.15）；《白馬集》；《非馬集》；《篤篤有聲的馬蹄》；《四人集》；《非馬短詩精選》；《非馬的詩》；《詩刊》（2002.3.上半月刊）；《詩選刊》（2002.5）；《露天吧4——一刀中文網在線作家專號》；《澳洲彩虹鸚》（第20期）

照鏡	創作時間：1980.12.17 發表處所：《台灣文藝》（革新19號）；《台灣日報》（1984.9.21）； 《亞美時報》（147期，1990.11）；《詩林》（總49期，1995.2.15）； 《白馬集》；《未名雜誌》（1998第一期）；《非馬的詩》
新詩一唱十三和	創作時間：1980.12.28 發表處所：《中外文學》（10卷6期）；《台灣日報》（1985.12）； 《華人世界》（1987.8.20）；《錫林郭勒日報》（1990.1.20）；《白 馬集》；《非馬短詩精選》；《非馬自選集》
獄卒的夜歌	創作時間：1981.1.22 發表處所：《台灣文藝》（革新19號）；《自立副刊》（1983.7.22）； 《海洋副刊》（1984.8.24）；詩刊（1985.6）；《白馬集》；《篤篤 有聲的馬蹄》；《非馬短詩精選》；《非馬自選集》；《當代名詩人 選》；《非馬的詩》
陰天	創作時間：1981.2.1 發表處所：《台灣文藝》（革新19號）；《台港文學選刊》；《當代 詩壇》（14期，1993.3.20）；《華報》（1994.10.13）；《台灣詩學 季刊》（22期，1998.3）；《白馬集》；《非馬集》；《篤篤有聲的馬 蹄》；《非馬短詩精選》；《非馬自選集》；《非馬的詩》
山羊	創作時間：1981.2.13 發表處所：《遠東時報》（1981.6.30）；《八方》（1981.9.15）； 《聯合副刊》（1983.10.18）；《西寧晚報》（1989.1.17）；《鄉 愁——台灣與海外華人抒情詩選》（1990.3）；《潮聲》（1999）； 《白馬集》；《四人集》；《非馬短詩精選》；《現代文學精選集》 （2009.12）；《詩詞在線網絡月刊》2010年第三期（總第十五期）
虎1	創作時間：1981.2.17 發表處所：《笠詩刊》（103期）；《八方》（1981.9.15）；《四國 六人詩選》（1992.12）；《白馬集》；《非馬短詩精選》；《未名雜 誌》（1998第一期）
豬	創作時間：1981.2.20 發表處所：《遠東時報》（1981.6.30）；《笠詩刊》（103期）； 《八方》（1981.9.15）；《華報》（1991.5.9）；《四國六人詩選》 （1992.12）；《台灣詩學季刊》（22期，1998.3）；《白馬集》； 《非馬集》；《篤篤有聲的馬蹄》；《非馬短詩精選》；《非馬自選 集》；《國文輔助教材》（教育測驗出版社）
雞	創作時間：1981.2.24 發表處所：《笠詩刊》（103期）；《八方》（1981.9.15）；《詩林》 （總49期，1995.2.15）；《白馬集》；《非馬集－台》；《非馬的 詩》；《台灣詩學季刊》（38期，2002.3）

狗1	創作時間：1981.2.26 發表處所：《笠詩刊》（103期）；《遠東時報》（1981.4.28）；《八方》（1981.9.15）；《四國六人詩選》（1992.12）；《白馬集》；《非馬集》；《未名雜誌》（1998第一期）；《非馬短詩精選》；《非馬自選集》
貓	創作時間：1981.2.27 發表處所：《笠詩刊》（103期）；《遠東時報》（1981.6.30）；《八方》（1981.9.15）；《華報》（1993.5.27）；《白馬集》；《四人集》；《非馬短詩精選》
馬	創作時間：1981.3.1 發表處所：《笠詩刊》（103期）；《遠東時報》（1981.8.11）；《台灣時報》（1981.8.31）；《八方》（1981.9.15）；《白馬集》；《非馬短詩精選》；《非馬的詩》
牛1	創作時間：1981.3.1 發表處所：《笠詩刊》（103期）；《台灣時報》（1981.8.31）；《八方》（1981.9.15）；《詩歌報》（1989.8.6）；《亞美時報》（147期，1990.11）；《華報》（1991.5.9）；《白馬集》；《四人集》；《非馬的詩》；《非馬集－台》；《世界華人詩歌鑒賞大辭典》（書海出版社，太原，1993年3月）；《一刀文學網》；《非馬專欄》；《混聲合唱——「笠」詩選》（1992.9）
鼠1	創作時間：1981.3.2 發表處所：《笠詩刊》（103期）；《遠東時報》（1981.5.5）；《台灣時報》（1981.8.31）；《八方》（1981.9.15）；《海峽》（1983.3）；《華報》（1991.5.9）；《黃河詩報》（1997年1-2期）；《未名雜誌》（1998第一期）；《白馬集》；《非馬短詩精選》；《非馬自選集》
龍1	創作時間：1981.3.3 發表處所：《笠詩刊》（103期）；《八方》（1981.9.15）；《亞美時報》（1990.11.17）；《白馬集》；《四人集》；《非馬的詩》
蛇1	創作時間：1981.3.5 發表處所：《笠詩刊》（103期）；《八方》（1981.9.15）；《台灣時報》（1981.10.13）；《聯合副刊》（1983.10.18）；《當代詩壇》（4期，1988.8.30）；《華夏詩報》（總43期，1990）；《亞美時報》（1991.2.2）；《華報》（1991.5.9）；《1917-1995新詩三百首》（1995.9.20，九歌）；《小詩選讀》（1987.5.10，爾雅）；《白馬集》；《非馬集》；《篤篤有聲的馬蹄》；《非馬自選集》；《非馬的詩》；《中國文學小站「小詩」欄》；《鳳凰木－台灣詩選》（中德文雙語）；《國文輔助教材》（教育測驗出版社）；《台灣自然生態詩語》

猴	創作時間：1981.3.16 發表處所：《八方》（1981.9.15）；《遠東時報》（1981.4.28）； 《笠詩刊》（103期）；《台灣時報》（1981.8.31）；《海峽》 （1983.3）；《華報》（1991.5.9）；《黃河詩報》（1997年1-2期）； 《白馬集》；《非馬集》；《篤篤有聲的馬蹄》；《非馬短詩精選》； 《非馬自選集》；《非馬的詩》；《國文輔助教材》（教育測驗出版社）
羊1	創作時間：1981.3.25 發表處所：《笠詩刊》（103期）；《遠東時報》（1981.8.11）； 《海峽》（1983.3）；《台灣現代詩四十家》（1989.5）；《華報》 （1991.5.9）；《白馬集》；《非馬集》；《篤篤有聲的馬蹄》；《非 馬短詩精選》；《非馬自選集》；《非馬的詩》；《非馬集－台》； 《國文輔助教材》（教育測驗出版社）；《混聲合唱—「笠」詩選》 （1992.9）；《露天吧4———一刀中文網在線作家專號》
獅	創作時間：1981.4.3 發表處所：《海洋副刊》（1982.3.1）；《聯合副刊》（1982.7.11）； 《七十一年詩選》；《中華現代文學大系》（1989.5）；《詩歌報》 （1989.8.6）；《華報》（1993.6.10）；《白馬集》；《非馬集》； 《四人集》；《非馬短詩精選》；《非馬的詩》；《露天吧4———一刀 中文網在線作家專號》；《世界華人詩歌鑒賞大辭典》（書海出版社， 1993.3）
小草	創作時間：1981.4.22 發表處所：《聯合副刊》（1981.6.15）；《一行詩刊》（3期， 1987.12）；《白馬集》
鳥2	創作時間：1981.6.25 發表處所：《新亞時報》（1991.6.8）；《白馬集》；《非馬短詩精選》
鳥‧四季	創作時間：1981.6.26 發表處所：《中外文學》（10卷12期）；《台灣現代詩四十家》 （1989.5）；《華報》（1994.10.20）；《白馬集》；《非馬短詩精 選》；《非馬自選集》；《非馬的詩》
鬥牛	創作時間：1981.7.3 發表處所：《聯合副刊》（1982.11.2）；《世界日報》（1983.3.7）； 《白馬集》；《非馬短詩精選》
方城計	創作時間：1981.7.12 發表處所：《聯合副刊》（1981.8.22）；《海洋副刊》（1983.4. 14）；《四國六人詩選》（1992.12）；《未名雜誌》（1998第一 期）；《白馬集》；《非馬集》；《篤篤有聲的馬蹄》；《非馬短詩精 選》；《非馬的詩》

落日	創作時間：1981.8.4 發表處所：《聯合副刊》（1981.8.12）；《四國六人詩選》（1992.12）；《華報》（2001.9.7）；《創世紀》（126期，2001，春季號）；《白馬集》；《篤篤有聲的馬蹄》；《非馬的詩》；《非馬集－台》
苦戀	創作時間：1981.8.21 發表處所：《遠東時報》（1981.9.15）；《聯合副刊》（1982.11.2）；《世界日報》（1983.3.7）；《白馬集》；《遠古的鐘聲與今日的迴響》（白樺著）
狗・四季	創作時間：1981.9.7 發表處所：《聯合副刊》（1982.3.6）；《華報》（1994.12.1）；《白馬集》
都市即景3	創作時間：1981.9.24 發表處所：《新亞時報》（1991.6.8）；《華報》（1994.12.22）；《白馬集》；《四人集》；《非馬短詩精選》；《非馬的詩》
吻	創作時間：1981.10.1 發表處所：《笠詩刊》（107期）；《華夏詩報》（17期）；《風笛》（21期，2004.6.4）；《非馬短詩精選》；《非馬的詩》；《噯，情詩》（向明主編）
五官1	創作時間：1981.10.3 發表處所：《文學界》（1期）；《華夏詩報》（71期，1992.9.25）；《白馬集》；《非馬集》；《篤篤有聲的馬蹄》；《非馬自選集》；《非馬的詩》；《非馬集－台》
芝加哥2	創作時間：1981.11.5 發表處所：《笠詩刊》（108期）；《海洋副刊》（1983.3.1）；《一九八二台灣詩選》；《華報》（1991.6.13）；《新亞時報》（1991.8.31）；《四國六人詩選》（1992.12）；《當代詩壇》（19期，1995.12.31）；《芝加哥日報》（1996.10.25）；《白馬集》；《篤篤有聲的馬蹄》；《非馬短詩精選》；《非馬自選集》；《中西詩歌》（2006年第2期）
非句集	創作時間：1981.11.14 發表處所：《笠詩刊》（107期）；《華報》（1994.12.29）；《風笛》（秋，21期，2004.6.4）；《白馬集》；《非馬短詩精選》；《春風詩人》（2010年創刊號）
石頭記	創作時間：1981.11.19 發表處所：《笠詩刊》（108期）；《台灣時報》（1983.1.6）；《世界日報》（1984.3.28）；《當代詩壇》（4期，1988.8.30）；《中華現代文學大系》（1989.5）；《華報》（1994.12.8）；《白馬集》；《非馬短詩精選》；《漢語新詩名篇鑒賞辭典——台灣卷》

讀書	創作時間：1981.12.19 發表處所：《聯合副刊》（1982.4.17）；《新亞時報》（1991.6.22）；《四國六人詩選》（1992.12）；《華報》（1994.11.17）；《草原》（總396期，1997.7）；《白馬集》；《非馬短詩精選》；《非馬自選集》；《非馬的詩》；《非馬詩選》；《當代詩壇》（35期）；《作文加油站》（12期）；《笠詩刊》（271期）
飽嗝	創作時間：1981.12.25 發表處所：《新亞時報》（1991.8.17）；《華報》（1999.4.2）；《白馬集》
鼠2	創作時間：1982.1.2 發表處所：《台灣文藝》（革新23號）；《海洋副刊》（1982.3.1）；《聯合副刊》（1982.7.11；1983.10.18）；《華報》（1999.4.9）；《七十一年詩選》；《中華現代文學大系》（1989.5）；《四國六人詩選》（1992.12）；《白馬集》；《非馬自選集》；《非馬的詩》；《網絡八十年代詩選》；《國文輔助教材》（教育測驗出版社）
牛2	創作時間：1982.1.2 發表處所：《海洋副刊》（1982.3.1）；《聯合副刊》（1982.7.11）；《台灣文藝》（革新23號）；《海峽》（1983.3）；《台灣現代詩四十家》（1989.5）；《華報》（1991.5.9）；《白馬集》；《非馬集》；《篤篤有聲的馬蹄》；《非馬短詩精選》；《非馬自選集》
虎2	創作時間：1982.1.7 發表處所：《海洋副刊》（1982.3.1）；《聯合副刊》（1982.4.17）；《台灣文藝》（革新23號）；《海峽》（1983.3）；《華報》（1999.4.16）；黃河詩報（1997年1-2期）；《白馬集》；《非馬集》；《非馬短詩精選》；《非馬自選集》；《國文輔助教材》（教育測驗出版社）
龍2	創作時間：1982.1.11 發表處所：《海洋副刊》（1982.3.1）；《聯合副刊》（1982.7.11）；《台灣文藝》（革新23號）；《海峽》（1983.3）；《美洲中國時報》（1984.11.10）；《台灣現代詩四十家》（1989.5）；《華報》（1991.5.9）；《國際漢語詩壇》（總14期，1999.6.30）；《曼谷中華日報》（1999.9.6）；《白馬集》；《非馬集》；《篤篤有聲的馬蹄》；《非馬短詩精選》；《非馬自選集》；《非馬的詩》；《非馬短詩選》；《詩天空》（第五期，2006.2.15）；《露天吧4——一刀中文網在線作家專號》
蛇2	創作時間：1982.1.12 發表處所：《海洋副刊》（1982.3.1）；《台灣文藝》（革新23號）；《海峽》（1983.3）；《香港文學》（1986期，92.2）；《華報》（1999.4.30）；《白馬集》；《非馬短詩精選》；《非馬集－台》；《台灣自然生態詩語》

兔3	創作時間：1982.1.13 發表處所：《台灣文藝》（革新23號）；《聯合副刊》（1982.7.11）；《海峽》（1983.3）；《海洋副刊》（1982.3.1）；《華報》（1999.5.14）；《七十一年詩選》；《中華現代文學大系》（1989.5）；《白馬集》；《非馬短詩精選》；《非馬自選集》
馬2	創作時間：1982.1.14 發表處所：《海洋副刊》（1982.3.1）；《聯合副刊》（1982.7.11）；《台灣文藝》（革新23號）；《海峽》（1983.3）；《千島詩刊》；《台灣現代四十家》（1989.5）；《華報》（1991.5.9）；《白馬集》；《非馬集》；《篤篤有聲的馬蹄》；《非馬短詩精選》；《非馬自選集》；《非馬的詩》；《混聲合唱——「笠」詩選》（1992.9）；《露天吧4———刀中文網在線作家專號》
賣藝者	創作時間：1982.1.17 發表處所：《台灣文藝》（革新23號）；《台灣時報》（1984.5.15）；《華報》（1999.5.21）；《白馬集》；《非馬短詩精選》；《非馬的詩》
羊2	創作時間：1982.1.17 發表處所：《台灣文藝》（革新23號）；《遠東時報》（1982.3.25）；《華報》（1999.5.28）；《白馬集》；《非馬短詩精選》；《非馬的詩》
狗2	創作時間：1982.1.24 發表處所：《遠東時報》（1982.3.25）；《台灣文藝》（革新23號）；《海峽》（1983.3）；《華報》（1991.5.9）；《白馬集》；《非馬集》；《篤篤有聲的馬蹄》；《非馬自選集》；《非馬的詩》
腳與鞋	創作時間：1982.2.18 發表處所：《笠詩刊》（109期）；《台灣時報》（1983.5.7）；《僑報》（1993.11.23）；《華報》（1993.12.30）；《曼谷中華日報》（1994.8.16）；《白馬集》；《非馬的詩》
腳與手	創作時間：1982.2.18 發表處所：《笠詩刊》（109期）；《僑報》（1993.11.23）；《華報》（1993.12.16）；《曼谷中華日報》（1994.8.16）；《白馬集》；《非馬的詩》
腳與沙	創作時間：1982.2.18 發表處所：《笠詩刊》（109期）；《自立副刊》（1984.3.2）；《當代詩壇》（4期，1988.8.30）；《中華現代文學大系》（1989.5）；《海內外新詩選粹·一九八九春之卷》（1989.3）；《華夏詩報》（總43期，1990）；《僑報》（1993.11.23）；《華報》（1994.1.13）；《曼谷中華日報》（1994.1.6）；《台北公車賞詩》（1995）；《白馬集》；《台港文學選刊》（1998.6）；《非馬自選集》；《非馬的詩》；《張默詩的LVT》〈小詩觀止第三集〉；《新詩三百首》（河北人民出版社，1996）；《露天吧4———刀中文網在線作家專號》；《小詩床頭書》（張默編，爾雅，2007）

腳與輪	創作時間：1982.2.18 發表處所：《笠詩刊》（109期）；《自立副刊》（1984.3.2）；《僑報》（1993.11.23）；《華報》（1994.1.20）；《曼谷中華日報》（1994.8.16）；《白馬集》
映像	創作時間：1982.3.14 發表處所：《海洋副刊》（1983.3.21）；《台灣時報》（1983.3.25）；《台灣詩季刊》（1期）；《布谷鳥》（14期）；《華報》（1994.3.3）；《曼谷中華日報》（1994.4.12）；《白馬集》；《非馬集》；《非馬自選集》；《非馬的詩》
咳！白忙	創作時間：1982.3.24 發表處所：《聯合副刊》（1982.4.17）；《布谷鳥》（15期）；《新亞時報》（1993.11.20）；《華報》（1994.2.10）；《曼谷中華日報》（1994.1.13）；《可愛小詩選》（1997）；《白馬集》；《非馬集》；《非馬的詩》；《自由日報》（馬來西亞，2003.10.17）；《世紀在漂泊》（漢藝色研，2002；雲南人民出版社，2003）；《露天吧4———一刀中文網在線作家專號》
秋樹	創作時間：1982.5.12 發表處所：《中外文學》（11卷6期）；《新亞時報》（1993.11.20）；《曼谷中華日報》（1994.1.13）；《華報》（1994.9.22）；《黃河詩報》（1997年1-2期）；《白馬集》；《非馬集》；《篤篤有聲的馬蹄》；《非馬自選集》；《台灣詩學季刊》（18期，1997.3）；《非馬的詩》；《露天吧4———一刀中文網在線作家專號》
勞動者的坐姿	創作時間：1982.7.8 發表處所：《文學界》（4期）；《海洋副刊》（1982）；《自立副刊》（1983.5.4）；《亞洲現代詩集》（第3集，1984）；《新亞時報》（1993.11.20）；《華報》（1994.4.7）；《曼谷中華日報》（1994.1.13）；《白馬集》；《非馬集》；《非馬短詩精選》；《非馬的詩》
吃角子老虎	創作時間：1982.8.20 發表處所：《笠詩刊》（111期）；《海洋副刊》（1983.4.14）；《華報》（1994.5.5）；《新亞時報》（94.4.23）；《曼谷中華日報》（1993.12.30）；《國際漢語詩壇》（雙語，12期，1998.12.31）；《白馬集》；《非馬集》；《非馬的詩》
戰爭的數字	創作時間：1982.8.26 發表處所：《笠詩刊》（113期）；《海洋副刊》（1982.10.26）；《台灣時報》（1982.11.16）；《華報》（1999.6.18）；《鄉愁——台灣與海外華人抒情詩選》（1990.3）；《白馬集》；《非馬短詩精選》；《混聲合唱——「笠」詩選》（1992.9）；《中西詩歌》（2006年第2期）

老人1	創作時間：1982.8.27 發表處所：《海洋副刊》（1982.10.26）；《笠詩刊》（113期）；《華報》（1999.6.25）；《白馬集》；《鄉愁──台灣與海外華人抒情詩選》（1990.3）；《非馬短詩精選》
夢遊明陵	創作時間：1982.8.31 發表處所：《海洋副刊》（1982.10.26）；《台灣時報》（1982.11.15）；《中外文學》（11卷11期）；《華夏詩報》（總78-79期，1993.8.25）；《華報》（1999.7.2）；《白馬集》；《非馬集》；《非馬的詩》
默哀	創作時間：1982.10.1 發表處所：《文學界》（6期）；《海洋副刊》（1982）；《華報》（1999.9.10）；《鄉愁──台灣與海外華人抒情詩選》（1990.3）；《台灣現代詩選》（1994年，劉登翰編）；《白馬集》；《非馬集》；《非馬短詩精選》
供桌上的交易	創作時間：1982.10.9 發表處所：《台灣文藝》（80期）；《海洋副刊》（1983.1.15）；《自立副刊》（1983.5.4）；《華報》（1999.9.3）；《鄉愁──台灣與海外華人抒情詩選》（1990.3）；《白馬集》；《非馬集》；《非馬自選集》；《非馬的詩》；《汕頭特區報》（2000.11.15）
鳥籠與森林	創作時間：1982.10.10 發表處所：《笠詩刊》（113期）；《海洋副刊》（1983.3.24）；《華報》（1999.7.16）；《白馬集》；《非馬集》；《混聲合唱──「笠」詩選》（1992.9）；《非馬短詩精選》；《地球村的詩報告》（江天編，1999.3）
車群	創作時間：1982.11.19 發表處所：《自立副刊》（1983.5.4）；《海洋副刊》（1984.8.24）；《笠詩刊》（122期）；《華報》（1999.7.16）；《白馬集》；《非馬短詩精選》；《地球村的詩報告》（江天編，1999.3）
秋窗	創作時間：1983.1.7 發表處所：《海洋副刊》（1983.3.5）；《台灣時報》（1983.5.7）；《仕女》（1986.11）；《笠詩刊》（122期）；《當代詩壇》（4期，1988.8.30）；《一行詩刊》（1987.5）；《亞洲現代詩集》（第3集，1984）；中華現代文學大系（1989.5）；《台灣現代詩四十家》（1989.5）；《白馬集》；《非馬集》；《篤篤有聲的馬蹄》；《非馬集－台》；《非馬短詩精選》；《非馬自選集》；《非馬的詩》；《非馬詩選》（重慶文學網頁）；《20世紀漢語詩選第四卷1977-1999》；《東方文化》（56期，2001.11.31）；《非馬短詩選》；《當代詩壇》（35期）；《露天吧4──一刀中文網在線作家專號》；《文學空間》（2006，Vol5，No.3，池上貞子譯，東京）

運煤夜車	創作時間：1983.1.31 發表處所：《笠詩刊》（114期）；《海洋副刊》（1983.3.29）；《亞洲現代詩集》（第3集，1984）；《白馬集》；《非馬集》；《篤篤有聲的馬蹄》；《非馬短詩精選》
磚	創作時間：1983.2.6 發表處所：《笠詩刊》（114期）；《自立副刊》（1983.5.4）；《台灣時報》（1983.5.7）；《布谷鳥》（15期）；《華報》（1997.1.31）；《台灣詩學季刊》（18期，1997.3）；《白馬集》；《非馬集》；《非馬的詩》
有一句話	創作時間：1983.3.13 發表處所：《文季》（1卷1期）；《自立副刊》（1983.4.15）；《海洋副刊》（1983.5.26）；《詩刊》（1984.9）；《辰報》（1997.7.25）；《華報》（2002.9.27）；《非馬集》；《路》；《非馬短詩精選》；《非馬自選集》；《非馬的詩》；《烏衣巷網刊》（總第1期，2007.8）
夜聽潮州戲	創作時間：1983.3.21 發表處所：《創世紀》（61期）；《聯合副刊》（1983.7.22）；《創世紀詩選》（1984.9.20）；《中華現代文學大系》（1989.5）；《作品》（1991.2）；《汕頭特區報》（1993.10.27）；《潮陽文苑》（1994.8）；《桂嶼文學季徵》（4期，1994.9）；《潮聲》（1999）；《非馬集》；《路》；《非馬自選集》；《非馬的詩》；《20世紀漢語詩選第四卷1977-1999》；《汕頭都市報》（2000.11.23）；《中國新詩萃——台港澳卷》（2001.3）；《新詩讀本》
惡補之後	創作時間：1983.3.24 發表處所：《文季》（1卷1期）；《中報》（1985.7.1）；《海洋副刊》（1983.5.30）；《台灣與世界》（3期）；《篤篤有聲的馬蹄》；《路》；《非馬短詩精選》；《非馬自選集》；《非馬的詩》；《華報》（2002.20.25）；《露天吧4——刀中文網在線作家專號》
山	創作時間：1983.4.4 發表處所：《民眾副刊》（1986.6.10）；《聯合副刊》（1986.8.5）；《海洋副刊》（1985.3.6）；《人民日報》（1986.7.11）；《文學世界》（1987.12.20）；《香港文學》（86期，1992.2）；《四國六人詩選》（1992.12）；《華報》（1997.1.31）；《黃河詩報》（1997年1-2期）；《風笛》（21期，2004.6.4）；《非馬集》；《篤篤有聲的馬蹄》；《路》；《非馬短詩精選》；《非馬自選集》；《非馬的詩》；《非馬－台》；《台灣詩學季刊》（18期，1997.3）；《草原》（總396期，1997.7）；《20世紀漢語詩選第四卷1977-1999》；《露天吧4——刀中文網在線作家專號》

黃河2	創作時間：1983.4.5 發表處所：《聯合副刊》（1983.7.22）；《千島詩刊》（1985.8.8）；《四海·港台海外華文文學》（創刊號，1990.1）；《作品》（1991.2）；《非馬集》；《篤篤有聲的馬蹄》；《路》；《爾雅詩選》；《非馬短詩精選》；《非馬自選集》；《非馬的詩》；《非馬短詩選》；《詩網絡》（20期，2005.4）；《露天吧4──一刀中文網在線作家專號》
霧1	創作時間：1983.4.7 發表處所：《笠詩刊》（117期）；《華報》（1997.1.31）；《路》；《非馬的詩》；《非馬集－台》；《台灣詩學季刊》（18期，1997.3）；《中國微型詩萃》（天馬出版有限公司，2006.12）
遊牧民族	創作時間：1983.4.16 發表處所：《台灣文藝》（83期）；《四國六人詩選》（1992.12）；《草原》（總396期，1997.7）；《非馬集》；《路》；《非馬短詩精選》；《非馬自選集》；《非馬集－台》
春天	創作時間：1983.5.22 發表處所：《美洲中國時報》（1984.1.25）；《散文詩報》（39期，1989.3）；《當代作家兒童文學之旅》（4）；《路》；《非馬集－台》；《混聲合唱──「笠」詩選》（1992.9）
瀑布	創作時間：1983.7.4 發表處所：《台灣時報》（1983.10.13）；《中外文學》（1984.3.1）；《美洲中國時報》（1983.10.22）；《赤道風》（18期，1991.9）；《四國六人詩選》（1992.12）；《非馬集》；《路》；《非馬短詩精選》；《非馬自選集》；《非馬的詩》；《詩網絡》（20期，2005.4）；《三十屆世界詩人詩選》（2010）
觀瀑	創作時間：1983.7.8 發表處所：《世界日報》（1983.8.20）；《笠詩刊》（117期）；《非馬集》；《路》；《非馬短詩精選》
夢之圖案	創作時間：1983.9.5 發表處所：《笠詩刊》（117期）；《世界副刊》（1983.10.13）；《赤道風》（19期，1992.1）；《當代詩壇》（14期，1993.3.20）；《華報》（2001.5.4）；《非馬集》；《路》；《非馬短詩精選》；《非馬自選集》
命運交響曲	創作時間：1983.10.18 發表處所：《美洲中國時報》（1983.12.24）；《海洋副刊》（1986.10.24）；《台灣詩季刊》（3期，1983.12）；《台灣日報》（1984.9.8）；《非馬集》；《路》；《非馬短詩精選》；《非馬自選集》；《非馬的詩》

中途噴泉盆地	創作時間：1983.11.4 發表處所：《現代詩》（1983.12）；《世界副刊》（1984.1.6）；《自立副刊》（1985.6.17）；《台灣現代詩四十家》（1989.5）；《路》；《非馬自選集》；《非馬的詩》
啞	創作時間：1983.11.30 發表處所：《海洋副刊》（1983.12.9）；《自立副刊》（1984.1.11）；《文季》（1984.9）；《非馬集》；《中華現代文學大系》（1989.5）；《路》；《非馬自選集》；《非馬的詩》；美洲中國時報（1983.12.24）；《台灣詩季刊》（3期，1983.12）；《台灣日報》（1984.9.11）
狗運	創作時間：1983.12.1 發表處所：《笠詩刊》（120期）；《自立副刊》（1984.1.11）；《路》；《地球村的詩報告》（江天編，1999.3）；
看划龍船	創作時間：1983.12.2 發表處所：《笠詩刊》（122期）；《海洋副刊》（1983.12.21）；《潮陽詩選》（1988.11）；《桂嶼文學社季徵》（4期，1994.9）；《非馬集》；《路》；《非馬短詩精選》；《非馬自選集》；《20世紀漢語詩選第四卷1977-1999》；《露天吧4──一刀中文網在線作家專號》
領帶	創作時間：1983.12.18 發表處所：《美洲中國時報》（1984.5.16）；《聯合副刊》（1986.8.3）；《詩歌報》（1989.8.6）；《華報》（1994.9.1）；《非馬集》；《路》；《非馬短詩精選》；《非馬自選集》；《非馬的詩》；《非馬短詩選》；《詩天空》（第四期，2005.11.15）；
石子	創作時間：1983.12.20 發表處所：《美洲中國時報》（1984.5.16）；《人間副刊》（1986.10.28）；《海洋副刊》（1987.10.8）；《非馬集》；《路》；《非馬短詩精選》；《非馬自選集》
新年	創作時間：1984.1.11 發表處所：《海洋副刊》（1984.1.2）；《詩刊》（1987.8）；《創世紀卅週年紀念號》；《非馬集》；《路》；《非馬短詩精選》；《非馬自選集》；《新詩歌》（總13期，2003.11-12）；《風笛詩社專輯》159期（2010.2.12）
羅網3	創作時間：1984.1.23 發表處所：《台灣與世界》（1984.9）；《台灣時報》；《台灣現代詩四十家》（1989.5）；《非馬集》；《路》；《非馬自選集》；《地球村的詩報告》（江天編，1999.3）

春2	創作時間：1984.5.23 發表處所：《中國時報》（1986.9.20）；《中外文學》（1984.11.1）；《美洲中國時報》（1984.11.2）；《赤道風》（70期，1991.5）；《華報》（1997.1.31）；《黃河詩報》（1997年1-2期）；《路》；《非馬自選集》；《非馬的詩》；《台灣詩學季刊》（18期，1997.3）；《新詩讀本》
天使降臨貝魯特	創作時間：1984.5.24 發表處所：《春風》（3期，1985.2）；《海洋副刊》；《美華文學》（1999年5-6月號）；《路》；《非馬自選集》；《非馬集－台》
國殤日	創作時間：1984.5.28 發表處所：《自立副刊》（1984.8.21）；《文學界》（11期）；《海洋副刊》；《華報》（1997.1.31）；《黃河詩報》（1997年1-2期）；《路》；《非馬自選集》；《台灣詩學季刊》（18期，1997.3）；《中國詩歌選》（1998年版）；《爾雅詩選》；《非馬的詩》；《詩人反戰詩選》（英文版，2003）；《非馬短詩選》；《詩天空當代華語詩選》（雙語版，2005-2006）
功夫茶	創作時間：1984.7.5 發表處所：《聯合副刊》（1984.8.8）；《海洋副刊》；《創世紀創刊卅周年紀念號》；《潮陽文苑》（1994.8）；《桂嶼文學社季徵》（4期，1994.9）；《華報》（1997.1.31）；《黃河詩報》（1997年1-2期）；《篤篤有聲的馬蹄》；《路》；《非馬短詩精選》；《台灣詩學季刊》（18期，1997.3）；《四海詩心——國際華文詩人筆會紀念冊》（1998.1）；《華文文學》（總31期，1997年2期，李花白作品——非馬詩意畫）；《非馬短詩選》；《非馬的詩》；《新詩歌》（網絡電子詩歌月刊，2003.6）；《露天吧4——刀中文網在線作家專號》
祭壇	創作時間：1984.10.28 發表處所：《中報》（1984.12.27）；《春風》（3期，1985.2）；《路》；《非馬自選集》
春天的消息	創作時間：1984.10.16 發表處所：《中報》（1984.12.27）；《春風》（3期，1985.2）；《華報》（2001.6.29）；《路》；《非馬的詩》；《混聲合唱——「笠」詩選》（1992.9）
噴嚏	創作時間：1984.10.20 發表處所：《台灣日報》（1985.3.3）；《海洋副刊》（1984.11.22）；《美華文學》（1999年5-6月號）；《華報》（2001.7.6）；《路》；《非馬短詩精選》；《非馬自選集》；《非馬的詩》

非洲小孩	創作時間：1984.11.4 發表處所：《台灣日報》（1985.4.13）；《海洋副刊》（1984.12.11）；《華報》（1992.12.17）；《路》；《非馬短詩精選》；《非馬自選集》；《非馬的詩》；《非馬集－台》；《爾雅詩選》；《詩網絡》（20期，2005.4）；《露天吧4——一刀中文網在線作家專號》
外星人	創作時間：1984.11.9 發表處所：《台灣文藝》（92期）；《海洋副刊》（1984.11.22）；《台灣日報》（1984.12.2）；《香港文學》（1985.9.5）；《世界副刊》；《台灣現代詩四十家》（1989.5）；《美華文學》（1999年5-6月號）；《篤篤有聲的馬蹄》；《路》；《非馬短詩精選》；《非馬自選集》；《中西詩歌》（2006年第2期）
艷舞祭	創作時間：1984.11.15 發表處所：《自立副刊》（1985.3.1）；《台灣與世界》（1985.2）；《華報》（2001.8.3）；《路》
芝加哥之冬	創作時間：1984.12.7 發表處所：《海洋副刊》（1985.1.2）；《聯合副刊》（1985.1.14）；《台港文學選刊：台灣現代詩四十家》（1989.5）；《華報》（1991.6.13）；《新亞時報》（1991.10.12）；《鄉愁——台灣與海外華人抒情詩選》（1990.3）；《路》；《非馬的詩》；《非馬短詩選》；《露天吧4——一刀中文網在線作家專號》
做詩	創作時間：1984.12.22 發表處所：《自立副刊》（1985.6.17）；《海洋副刊》（1985.1.14）；《鍾山》（6期，1985.6）；《新詩歌通訊》（4期，1994.9）；《華報》（1995.11.30）；《路》；《非馬的詩》
皺紋	創作時間：1984.12.26 發表處所：《藍星詩刊》（1985.4.5）；《中報》（1985.1.25）；《路》；《鄉愁——台灣與海外華人抒情詩選》（1990.3）
零下二十七度	創作時間：1985.1.20 發表處所：《文學界》（14期，1985.5）；《海洋副刊》（1985.2.8）；《美華文學》（1999年5-6月號）；《路》；《非馬自選集》
角	創作時間：1985.1.21 發表處所：《自立副刊》（1985.6.17）；《中報》（1985.3.9）；《台灣詩季刊》（1984.12）；《詩刊》（1987.8）；《路》；《非馬自選集》；《非馬的詩》；《露天吧4——一刀中文網在線作家專號》

肚皮出租	創作時間：1985.1.26 發表處刊：《海洋副刊》（1985.3.6）；《笠詩刊》（126期）；《台灣日報》（1985.3.5）；《華報》（1997.1.31）；《路》；《非馬短詩精選》；《非馬的詩》
路3	創作時間：1985.1.30 發表處所：《台灣詩季刊》（1984.12）；《聯合副刊》（1986.7.14）；《香港文學》（1985.5）；《中報》（1985.3.25）；《海洋副刊》（1987.10.8）；《華報》（2001.8.10）；《路》（2005）；《非馬短詩精選》；《非馬自選集》；《非馬的詩》；《詩集爾雅》；《露天吧4———刀中文網在線作家專號》
越戰紀念碑	創作時間：1985.2.9 發表處所：《香港文學》（1985.5）；《鍾山詩刊》（1985.3）；《台灣日報》（1985.3.28）；《海洋副刊》（1985.4.8）；《中華現代文學大系》（1989.5）；《華報》（1993.5.20）；《路》；《非馬短詩精選》；《非馬自選集》；《非馬的詩》；《詩刊》（2002.3.上半月刊）；《詩選刊》（2002.5）；《新詩讀本》；《非馬短詩選》；《世紀在漂泊》（漢藝色研，2002；雲南人民出版社，2003）；《詩網絡》（20期，2005.4）；《北美楓》（創刊號，2006）；《一刀文學報》（5期，2007.2）；《世界詩人季刊》（46期，2007.5）；《露天吧4———刀中文網在線作家專號》
芝加哥小夜曲	創作時間：1985.2.14 發表處所：《中報》（1985.4.12）；《聯合副刊》（1985.4.20）；《文學界》（1985.8）；《海南開發報》（1989.6.16）；《台灣現代詩集》（日譯，1989.5.31）；《台灣現代詩四十家》（1989.5）；《華報》（1991.6.13）；《新亞時報》（1991.10.26）；《路》；《非馬自選集》；《非馬的詩》；《詩刊》（2002.3.上半月刊）；《詩選刊》（2002.5）；《非馬短詩選》；《常青藤》（第四期，2006.12）
太空輪迴	創作時間：1985.2.16 發表處所：《台灣與世界》（1985.4）；《台灣文藝》（1985.7）；《中報》（1985.9.16）；《台灣現代詩四十家》（1989.5）；《赤道風》（15期，1990.10）；《華報》（1991.10.10）；《美華文化人報》（1卷2期，1995.4.1）；《路》；《非馬自選集》；《非馬的詩》；《中西詩歌》（2006年第2期）；《曼谷中華日報》（2007.5.26）
踏水車1	創作時間：1985.3.5 發表處所：《文學界》（1985.8）；《海洋副刊》（1985.10.24）；《美華文學》（1999年5-6月號）；《華報》（2001.7.27）；《路》；《非馬短詩精選》；《非馬自選集》；《露天吧4———刀中文網在線作家專號》；《曼谷中華日報》（2007.7.13）

踏水車2	創作時間：1985.3.5 發表處所：《鍾山詩刊》（1985.6）；《海洋副刊》（1985.10.24）；《台灣日報》（1985.9.23）；《華報》（1997.1.31）；《黃河詩報》（1997年1-2期）；《路》；《非馬短詩精選》；《非馬的詩》；《台灣詩學季刊》（18期，1997.3）；《星星》（1998.10）
一千零一夜	創作時間：1985.3.11 發表處所：《海洋副刊》（1985.9.16）；《聯合副刊》（1985.9.1）；《中華現代文學大系》（1989.5）；《路》；《爾雅詩選》；《非馬自選集》；《非馬的詩》；《20世紀漢語詩選第四卷1977-1999》；《中國新詩萃·台港澳卷》（2001.3）；《新詩三百首》（河北人民出版社，1996）；《混聲合唱——「笠」詩選》（1992.9）；《詩網絡》（20期，2005.4）；《詩集爾雅》（2005）；《曼谷中華日報》（2007.7.13）
春雷	創作時間：1985.3.30 發表處所：《中報》（1985.5.21）；《藍星詩刊》（1985.7.5）；《路》；《非馬自選集》；《非馬的詩》；《海洋副刊》（1985.6.7）；《台灣日報》（1985.6.22）；《非馬短詩精選》
廟	創作時間：1985.4.26 發表處所：《海洋副刊》（1985.6.7）；《台灣日報》（1985.6.22）；《藍星詩刊》（1985.10.5）；《人間副刊》（1986.9.29）；《華報》（1993.6.3）；《草原》（總396期，1997.7）；《路》；《常德詩牆》；《非馬自選集》；《非馬的詩》；《非馬短詩精選》
梯田	創作時間：1985.7.24 發表處所：《台灣日報》（1985.12）；《中報》（1985.10.17）；《藍星詩刊》（5期，1985.10.5）；《中國時報》（1986.10.13）；《海洋副刊》（1987.10.8）；《赤道風》（15期，1990.10）；《華報》（1991.10.10）；《路》；《非馬自選集》；《台灣詩學季刊》（18期，1997.3）；《非馬的詩》；《詩集爾雅》（2005）；《小詩星河——現代小詩選（2）》；《中國微型詩網刊》（第11期）；《露天吧4——一刀中文網在線作家專號》；《風笛》（150期，2009.9.25）
漂水花	創作時間：1985.9.14 發表處所：《中報》（1985.10.11）；《聯合副刊》（1985.12.24）；《藍星詩刊》（6期）；《路》；《非馬短詩精選》；《非馬自選集》；《非馬的詩》；《當代名詩人選》；《澳洲彩虹鸚》（9期，2007.1）

南非，不准照相	創作時間：1985.11.8 發表處所：《海洋副刊》（1985.11.26）；《台灣文藝》（99期）；《台灣現代詩集》（日譯，1989.5.31）；《非馬短詩精選》；《非馬自選集》
投資	創作時間：1985.12.4 發表處所：《自立副刊》（1986.1.14）；《文學界》（17期）；《中報》（1986.2.27）；《僑報》（1993.12.15）；《華報》（1994.2.3）；《曼谷中華日報》（1994.2.8）；《非馬短詩精選》；《非馬的詩》；《地球村的詩報告》（江天編，1999.3）
對話	創作時間：1985.12.19 發表處所：《海洋副刊》（1986.1.23）；《香港文學》（20期，1986.8.5）；《文學界》（19期）；《一行詩刊》（20期，1993.9）；《飛吧！精靈》；《非馬自選集》；《非馬的詩》；《非馬集－台》
時差1	創作時間：1986.3.4 發表處所：《中報》（1986.4.7）；《笠詩刊》（133期）；《非馬短詩精選》；《非馬自選集》；《非馬的詩》；《我們月刊》（WE0508A）；《稻香湖》（31-32期，2007.3.5）
長恨歌	創作時間：1986.3.16 發表處所：《自立副刊》（1986.4.28）；《海洋副刊》（1986.3.31）；《笠詩刊》（133期）；《香港文學》（25期）；《華報》（1991.11.28）；《非馬短詩精選》；《飛吧！精靈》；《非馬自選集》；《非馬的詩》
蓬鬆的午後	創作時間：1986.4.19 發表處所：《中報》（1986.6.3）；《藍星詩刊》（8期）；《千島詩刊》（1986.6.12）；《香港文學》（19期，1986.7.5）；《當代詩壇》（4期，1988.8.30）；《台灣現代詩集》（日譯，1989.5.31）；《華報》（1992.6.11）；《非馬短詩精選》；《飛吧！精靈》；《非馬自選集》；《非馬的詩》；《中西詩歌》（2006年第2期）
鬱金香	創作時間：1986.4.21 發表處所：《海洋副刊》（1986.6.4）；《笠詩刊》（140期，1987.8.15）；《飛吧！精靈》；《非馬的詩》；《台灣自然生態詩語》
長城	創作時間：1986.8.23 發表處所：《中報》（1988.8.27）；《大地》（1期，1988.9）；《人民日報》（1987.1.5）；《星島晚報》（1988.8.22）；《千島詩刊》（1987.1.8）；《亞洲現代詩集》（4）；《華報》（1991.7.4）；《非馬短詩精選》；《飛吧！精靈》；《非馬自選集》；《非馬的詩》；《非馬短詩選》；《露天吧4———刀中文網在線作家專號》；《文星》（102期）

珍妃井	創作時間：1986.11.6 發表處所：《海洋副刊》（1986.12.26）；《笠詩刊》（140期，1987.8.15）；《華報》（1991.7.25）；《新大陸詩刊》（23期，1994.8）；《草原》（總396期，1997.7）；《中報》（1987.4.28）；《黃河詩報》（1997年1-2期）；《星星》（1998.10）；《非馬短詩精選》；《非馬自選集》；《微雕世界》；《台灣詩學季刊》（18期，1997.3）；《非馬的詩》；《中國微型詩萃》（天馬出版有限公司，2006.12）
秦俑	創作時間：1986.9.18 發表處所：《藍星詩刊》（10期）；《中報》（1986.10.18）；《聯合副刊》（1987.1.26）；《當代詩壇》（4期，1988.8.30）；《中華現代文學大系》（1989.5）；《華夏詩報》（總43期，1990）；《草原》（總396期，1997.7）；《華報》（2001.3.30）；《非馬短詩精選》；《非馬自選集》；《國文輔助教材》（教育測驗出版社）
紫禁城	創作時間：1986.9.17 發表處所：《中報》（1986.10.18）；《人民日報》（1987.1.5）；《聯合副刊》（1987.1.26）；《中華現代文學大系》（1989.5）；《華報》（1991.7.11）；《非馬短詩精選》；《飛吧！精靈》；《非馬自選集》；《非馬的詩》
桂林	創作時間：1986.10.18 發表處所：《中報》（1986.10.18）；《香港文學》（28期，1987.4.5）；《自立副刊》（1987.3.23）；《華報》（1991.8.15）；《華夏詩報》（2000.8.25）；《飛吧！精靈》；《非馬自選集》；《非馬的詩》
回音壁	創作時間：1986.9.28 發表處所：《海洋副刊》（1986.11.3）；《笠詩刊》（136期）；《人民日報》（1987.1.5）；《辛墾詩刊》（87.1.9）；《華報》（91.8.1）；《非馬短詩精選》；《飛吧！精靈》；《非馬自選集》；《常青藤詩刊》（4期，2006）
九龍壁	創作時間：1986.11.6 發表處所：《海洋副刊》（1986.12.26）；《笠詩刊》（140期，1987.8.15）；《華報》（1991.8.1）；《非馬短詩精選》；《飛吧！精靈》；《台灣詩學季刊》（18期，1997.3）
假惺惺的春天	創作時間：1987.1.29 發表處所：《海洋副刊》（1987.2.17）；《自立副刊》（1987.3.23）；《飛吧！精靈》

被擠出風景的樹	創作時間：1987.2.7 發表處所：《中報》（1987.3.18）；《聯合副刊》（1987.3.28）；《聯合日報》（1987.5.1）；《文學界》（22期，1987.5）；《華報》（1992.6.4）；《非馬短詩精選》；《飛吧！精靈》；《非馬自選集》；《非馬的詩》；《混聲合唱──「笠」詩選》（1992.9）
冬令進補	創作時間：1987.3.22 發表處所：《笠詩刊》（138期，1987.4）；《自立晚報》（1987.6.22）；《當代詩壇》（4期，1988.8.30）；《海內外新詩選粹·一九八九春之卷》（1989.3）；《華報》（1992.3.19）；《微雕世界》；《非馬的詩》
蒲公英	創作時間：1987.4.1 發表處所：《海洋副刊》（1987.6.13）；《文學界》（22期，1987.5）；《亞洲現代詩集》（4）；《華報》（1992.5.21）；《當代詩壇》（14期，1993.3.20）；《詩雙月刊》（24期，1993.6.1）；《四國六人詩選》（1992.12）；《珠海文學雙月刊》（1997年3期，97.6）；《黃河詩報》（1997年1-2期）；《台灣詩學季刊》（40期，2002.12）；《飛吧！精靈》；《非馬自選集》；《非馬的詩》；《非馬短詩選》；《露天吧4──一刀中文網在線作家專號》
狗一般	創作時間：1987.5.16 發表處所：《海洋副刊》（1987.6.3）；《一行詩刊》（2期，1987.9）；《笠詩刊》（143期，1988.2）；《新大陸詩刊》（10期，1992.6）；《華報》（1996.12.20）；《草原》（總396期，1997.7）；《星星詩刊》（總261期，1997.8）；《非馬自選集》；《微雕世界》；《非馬集－台》
螢火蟲1	創作時間：1987.6.22 發表處所：《文星》（110期，1987.8.1）；《中報》（1987.8.17）；《星島日報》（1988.12.19）；《華報》（1997.1.31）；《珠海文學雙月刊》（1997年3期）；《黃河詩報》（1997年1-2期）；《飛吧！精靈》；《非馬自選集》；《非馬的詩》；《國文輔助教材》（教育測驗出版社）；《稻香湖》（31-32期，2007.3.5）；《露天吧4──一刀中文網在線作家專號》；《風笛》（99期，2007.8.24）
夏晨鳥聲	創作時間：1987.7.10 發表處所：《中報》（1987.8.17）；《文星》（113期，1987.11）；《星島日報》（1988.12.19）；《華報》（1992.5.7）；《新亞時報》（1992.5.23）；《赤道風》（24期，1993.4）；《星星詩刊》（總261期，1997.8）；《飛吧！精靈》；《非馬自選集》

微雕世界	創作時間：1987.7.28 發表處所：《中報》（1987.9.25）；《文星》（113期，1987.11）；《辛墾詩刊》（1988.1.8）；《華報》（1992.5.7）；《新亞時報》（1992.5.23）；《珠海文學雙月刊》（1997年3期）；《黃河詩報》（1997年1-2期）；《非馬自選集》；《微雕世界》；《非馬的詩》
楓葉	創作時間：1987.10.1 發表處所：《笠詩刊》（143期，1988.2）；《中報》（1988.10.26）；《新亞時報》（1993.11.20）；《曼谷中華日報》（1994.1.13）；《華報》（1996.12.6）；《飛吧！精靈》；《非馬集－台》；《中國微型詩萃》（第二卷，2008.11）
中秋夜2	創作時間：1987.10.9 發表處所：《海洋副刊》（1987.10.30）；《萬象詩刊》（1987.11.25）；《笠詩刊》（143期，1988.2）；《飛吧！精靈》；《新詩歌》（2003.9）
鐘錶店	創作時間：1987.10.14 發表處所：《笠詩刊》（143期，1988.2）；《千島詩刊》（1988.4.14）；《詩雙月刊》（24期，1993.6.1）；《僑報》（1994.5.23）；《華報》（1997.1.31）；《台灣詩學季刊》（18期，1997.3）；《珠海文學雙月刊》（1997年3期）；《飛吧！精靈》；《非馬自選集》；《非馬的詩》；《非馬短詩選》
草裙舞2	創作時間：1987.11.14 發表處所：《萬象詩刊》（1987.12.30）；《聯合文學》（45期，1988.7）；《華報》（1991.6.6）；《深圳特區報》（1997.2.26）；《珍珠港》（13期，2001.1）；《藍色夏威夷》（第二集，2001.9）；《飛吧！精靈》
珍珠港	創作時間：1987.11.26 發表處所：《海洋副刊》（1988.2.13）；《萬象詩刊》（1988.4.27）；《作品》（1988.5）；《文星》（120期，1988.6.20）；《華報》（1991.66）；《一行詩刊》（19期，1993.5）；《曼谷中華日報》（1996.11.14）；《珍珠港》（13期，2001.1）；《藍色夏威夷》（第二集，2001.9）；《飛吧！精靈》；《非馬的詩》
土生土長的土褐色	創作時間：1987.12.2 發表處所：《香港文學》（38期，1988.2.5）；《千島詩刊》（1988.5.12）；《深圳特區報》（1997.2.26）；《珍珠港》（13期，2001.1）；《藍色夏威夷》（第二集，2001.9）；《華報》（2001.6.1）；《飛吧！精靈》；《非馬的詩》

集中營	創作時間：1988.3.14 發表處所：《海洋副刊》（1988.4.12）；《笠詩刊》（147期，1988.10）；《自立副刊》（1988.12.8）；《華報》（1992.1.9）；《微雕世界》；《非馬集－台》；《非馬的詩》
行走的花樹	創作時間：1988.6.8 發表處所：《中報》（1988.7.19）；《香港文學》（44期，1988.8）；《華夏詩報》；《亞洲現代詩集》（5集，1990）；《華報》（1992.12.3）；《新大陸詩刊》（15期，1993.4）；《新詩歌》（16期，1999.12）；《飛吧！精靈》；《非馬自選集》
學畫記	創作時間：1988.7.18 發表處所：《星島日報》（1988.12.19）；《海南日報》（1989.4）；《華文文學》（3期，1989）；《亞美時報》（1990.6.2）；《華報》（2001.9.14）；《飛吧！精靈》；《非馬的詩》
在密西根湖邊看日落	創作時間：1988.8.3 發表處所：《海洋副刊》（1988.9.6）；《自立副刊》（1988.9.15）；《星島日報》（1988.9.26）；《一行詩刊》（6期，1988.10）；《七十七年詩選》（1989.2.25）；《華報》（1992.8.20）；《飛吧！精靈》；《非馬自選集》；《非馬的詩》；《詩刊》（2002.3上半月刊）；《詩選刊》（2002.5）；《世界華人詩歌鑒賞大辭典》（書海出版社，1993.3）
疲勞審問	創作時間：1988.8.14 發表處所：《自立副刊》（1988.9.23）；《海洋副刊》（1988.10.22）；《萬象詩刊》（1989.3.29）；《華報》（1991.12.19）；《飛吧！精靈》；《非馬自選集》；《非馬的詩》
假如今天	創作時間：1988.8.16 發表處所：《一行詩刊》（6期，1988.10）；《人間副刊》（1989.11.10）；《華文文學》（3期，1989）；《亞美時報》（1990.5.5）；《華報》（1992.8.13）；《非馬自選集》；《微雕世界》；《非馬的詩》
有希望的早晨	創作時間：1988.8.17 發表處所：《香港文學》（48期，1988.12）；《中報》（1988.11.12）；《藍星詩刊》（17期，1988.10）；《人間副刊》（1989.2.3）；《海南日報》（1989.5.20）；《西寧晚報》（1989.4.11）；《千島詩刊》（1990.1.13）；《華夏詩報》（總43期，1990）；《飛吧！精靈》；《非馬自選集》；《非馬的詩》

溫室效應	創作時間：1988.8.22 發表處所：《星島日報》（1988.9.26）；《海洋副刊》（1988.10.22）；《聯合文學》（57期，1989.7）；《淮風》（總16期，1990）；《新亞時報》（1992.5.23）；《一行詩刊》（22／23期合刊）；《飛吧！精靈》；《非馬自選集》；《地球村的詩報告》（江天編，1999.3）；《非馬的詩》；《笠詩選——穿越世紀的聲音》
螢火蟲2	創作時間：1988.8.25 發表處所：《藍星詩刊》（17期，1988.10）；《中報》（1988.12.14）；《人間副刊》（1989.1.19）；《香港文學報》（4期，1989.1）；《華夏詩報》（總43期，1990）；《華報》（1992.5.28）；《僑報》（1993.7.1）；《新亞時報》（1991.6.22）；《新大陸詩刊》（23期，1994.8）；《飛吧！精靈》；《非馬自選集》；《非馬的詩》；《風笛》（99期，2007.8.24）
公雞	創作時間：1988.9.16 發表處所：《台灣時報》（1988.10.13）；《海洋副刊》（1988.12.7）；《華報》（1992.5.14）；《飛吧！精靈》；《非馬自選集》；《非馬的詩》；《海內外新詩選粹*一九八九春之卷》（1989.3）
盆栽	創作時間：1988.9.18 發表處所：《自立副刊》（1988.11.28）；《中報》（1988.11.20）；《華報》（1992.9.3）；《新大陸詩刊》（23期，1994.8）；《珠海文學雙月刊》（1997年3期，1997.6）；《黃河詩報》（1997年1-2期）；《飛吧！精靈》；《非馬自選集》；《非馬的詩》；《華文文學》（總31期，1997年2期，李花白作品——非馬詩意畫）
夕陽	創作時間：1988.9.21 發表處所：《自立副刊》（1988.11.28）；《中報》（1988.11.20）；《海洋副刊》（1989.3.21）；《華報》（1992.8.27）；《台灣詩學季刊》（18期，1997.3）；《珠海文學雙月刊》（1997年3期）；《笠詩選——穿越世紀的聲音》；《草原》（總396期，1997.7）；《黃河詩報》（1997年1-2期）；《飛吧！精靈》；《非馬自選集》；《非馬的詩》；《非馬集－台》
菩提樹	創作時間：1988.10.5 發表處所：《海洋副刊》（1988.12.7）；《台灣時報》（1988.11.30）；《星島日報》（1988.12.19）；《海南日報》（1989.4）；《新大陸詩刊》（23期，1994.8）；《華報》（2000.6.23）；《微雕世界》；《宇宙中的綠洲——12人自選詩集》（1996.10）

秋日林邊漫步	創作時間：1988.11.19 發表處所：《海洋副刊》（1989.1.14）；《海南日報》（1989.2.11）；《長江日報》（1989.3.2）；《香港文學》（55期，1989.7）；《華報》（1992.7.23）；《芝加哥日報》（1996.11.8）；《飛吧！精靈》；《非馬自選集》；《非馬的詩》；《笠詩選——穿越世紀的聲音》；《露天吧4——一刀中文網在線作家專號》
銅像	創作時間：1988.12.2 發表處所：《海洋副刊》（1989.1.31）；《海南日報》（1989.1.27）；《台灣文藝》（116期，1989.3-4）；《飛吧！精靈》
他們用怪手挖樹	創作時間：1988.12.21 發表處所：《首都早報副刊》（1989.8.28）；《當代詩壇》（6／7期，1990.1）；《新大陸詩刊》（5期，1991.8）；《華報》（1995.10.26）；《非馬自選集》；《微雕世界》；《地球村的詩報告》（江天編，1999.3）；公共張貼網《詩情畫意》；《常青藤》（第四期，2006.12）
霧3	創作時間：1989.2.5 發表處所：《自立副刊》（1989.3.20）；《海南日報》（1989.5.20）；《海洋副刊》（1989.4.25）；《千島詩刊》（1989.4.13）；《新大陸詩刊》（23期，1994.8）；《飛吧！精靈》
唱反調的雪	創作時間：1989.2.19 發表處所：《人間副刊》（1989.3.21）；《香港文學》（56期，1989.8）；《淮風》（總16期，1990）；《新大陸詩刊》（5期，1991.8）；《華報》（1992.8.6）；《飛吧！精靈》；《非馬自選集》
故事	創作時間：1989.3.18 發表處所：《海洋副刊》（1989.4.5）；《香港文學》（56期，1989.8）；《一行詩刊》（13期，1991.4）；《華報》（1991.5.30）；《聯合副刊》（1994.8.28）；《青少年詩報》（1995珍藏本）；《珠海文學雙月刊》（1997年3期）；《黃河詩報》（1997年1-2期）；《台灣詩學季刊》（22期，1998.3；40期，2002.12）；《星星》（1998.10）；《飛吧！精靈》；《非馬自選集》；《非馬的詩》；《非馬短詩選》；《露天吧4——一刀中文網在線作家專號》
性急的小狗	創作時間：1989.3.19 發表處所：《海洋副刊》（1989.4.5）；《香港文學》（56期，1989.8）；《萬象詩刊》（23期，1989.8.30）；《台灣時報》（1989.10.8）；《華報》（1991.5.30）；《新大陸詩刊》（23期，1994.8）；《飛吧！精靈》；《非馬自選集》；《非馬的詩》；《自由日報》（馬來西亞，2003.10.17）

再看鳥籠	創作時間：1989.4.27 發表處所：《自立晚報副刊》（1989.7.1）；《萬象詩刊》（26期）；《東方文化》（56期，2001.11.31）；《微雕世界》；《非馬的詩》
十行詩	創作時間：1989.6.4 發表處所：《聯合副刊》（1989.6.5）；《海洋副刊》（1989.6.7）；《世界日報》（1989.6.8）；《新聞自由導報》；《創世紀詩雜誌》（76期，1989.8）；《我的心在天安門》（六‧四事件悼念詩選，1989.8）；《飛吧！精靈》；《非馬集－台》
表態與交心	創作時間：1989.7.11 發表處所：《自立早報》（1989.8.3）；《世界日報》（1990.2.11）；《華報》（2000.7.28）；《飛吧！精靈》
在病房	創作時間：1989.7.13 發表處所：《中國時報》（1989.8.7）；《新亞時報》（1991.6.22）；《華報》（1992.11.26）；《人民文學》（1993.2）；《宇宙中的綠洲——12人自選詩集》（1996.10）；《微雕世界》；《非馬的詩》；《非馬集－台》
對死者 我們該說些什麼	創作時間：1989.8.12 發表處所：《自立早報》（1989.10.11）；《當代詩壇》（6-7期，1990.1）；《華報》（1992.4.16）；《飛吧！精靈》
學鳥叫的人	創作時間：1989.9.26 發表處所：《香港文學》（59期，1989.11）；《聯合副刊》（1989.12.21）；《亞美時報》（1990.7.7）；《華報》（1992.7.30）；《飛吧！精靈》；《可愛小詩選》；《非馬的詩》
底片世界	創作時間：1989.10.1 發表處所：《首都早報》（1989.10.16）；《世界日報》（1990.3.24）；《一行詩刊》（11期，1990.8）；《華報》（1992.7.16）；《飛吧！精靈》；《非馬的詩》
黑白分明的驚喜	創作時間：1989.10.1 發表處所：《首都早報》（1989.10.16）；《香港文學》（60期，1989.12）；《世界日報》（1990.3.1）；《華報》（2001.8.24）；《飛吧！精靈》；《非馬集－台》
入秋以後	創作時間：1989.10.7 發表處所：《華夏詩報》（42期）；《聯合副刊》（1990.8.7）；《亞美時報》（1990.9.8）；《華報》（1997.2.7）；《珠海文學雙月刊》（1997年3期）；《飛吧！精靈》；《非馬的詩》；《笠詩選——穿越世紀的聲音》；《露天吧4——刀中文網在線作家專號》

非馬中文詩集

《在風城》（中英對照），笠詩刊社，臺北，1975。

《非馬詩選》，臺灣商務印書館「人人文庫」，臺北，1983。

《白馬集》，時報出版公司，臺北，1984。

《非馬集》，三聯書店「海外文叢」，香港，1984。

《四人集》（合集），中國友誼出版公司，北京，1985。

《篤篤有聲的馬蹄》，笠詩刊社「臺灣詩人選集」，臺北，1986。

《路》，爾雅出版社，臺北，1986。

《非馬短詩精選》，海峽文藝出版社，福州，1990。

《飛吧！精靈》，晨星出版社，臺中，1992。

《四國六人詩選》（合集），華文出版公司，中國，1992。

《非馬自選集》，貴州人民出版社「中國當代詩叢」，1993。

《宇宙中的綠洲—12人自選詩集》，國際文化出版公司，北京，1996。

《微雕世界》，臺中市立文化中心，臺中，1998。

《沒有非結不可的果》，書林出版公司，臺北，2000。

《非馬的詩》，花城出版社，廣州，2000。

《非馬短詩選》（中英對照），銀河出版社，香港，2003。

《非馬集》國立臺灣文學館，臺南，2009（《非馬集—台》）。

篤篤有聲的馬蹄

陳安

　　最近有機會讀到了非馬的兩本詩集：一本是1983年台灣商務印書館人人文庫出版的《非馬詩選》，另外一本是1984年時報出版公司出版的《白馬集》。在這之前，我只零星地從報紙副刊上讀到非馬的詩，但他所撥動的詩的豎琴早在我這個愛詩者的心壁上引起了久遠的迴響。聽說非馬是在芝加哥研究能源的。我不知他研究的是何種能源，但我覺得他在研究能源之餘，從語言礦石中提煉出來的詩的鐳，產生著足以溫暖讀者心靈的能量。如果說，七、八十年前，美國人有幸聽到從芝加哥傳出的「工業美國的桂冠詩人」卡爾・桑德堡自彈吉他的動人歌唱，那麼，今天各地的華人也有幸聽到從芝加哥傳出一位華裔能源研究員感人的詩的吟誦。

　　每次讀非馬的詩，我總會看見一個聰慧而沉穩、幽默而謹嚴的中年詩人形象。而更可貴的是，這位富有時代感的詩人有著飽滿的熱情、廣闊的視野。他目光炯炯地注視著人世，全身心地感受著世界上的一切重大事情。他的敏感的神經常因動盪的世局杌隉不安，他的愛思索的頭腦常倔強地思考著社會與人生。詩人的心真摯地祈望著世界的和平、人類的安寧。他參加集會，在默哀中回顧戰爭帶給人民的沉重苦難，譴責那些恬不知恥的抵賴戰爭罪行的行為（《白馬集・默哀》）；他讀報，關心有關戰場上

傷亡人數的報導，感嘆那些誰也搞不清楚的數字，「只有那些不再開口的／心裡有數」（《白馬集・戰爭的數字》）；他也看電視，即使在關掉電視機的瞬間，那屏幕上閃現的一粒螢光也會使他聯想起引發熊熊戰火的仇恨火種（《非馬詩選・電視》）；有時他也會對一段冒煙的煙蒂，緬懷人類的歷史，想到人類的無知與健忘。出神的思考常讓「將成正果的煙灰」炙燙他的手指，而使他突然發出一聲聲呼叫（《非馬詩選・飯後一神仙》）。

　　非馬所選取的詩的題材，正是我自己、相信也是許多讀者所關心、所注目的題材。如果他所表現的僅僅是一己的玄想和幻覺，所抒發的僅僅是極其狹窄的個人情感，讀者就不一定會與他發生共鳴。我想非馬一定意識到一個詩人的社會責任和作用。他不是為寫詩而寫詩，不是為寫自己而寫詩。讀他的詩，我感到他在寫自己的感受的時候，正是在寫我們的時代和社會，在記錄著時代打擊在大眾心靈上的創痕，在記錄著社會各個角落發出的良知的呼聲。他的〈默哀〉、〈戰爭的數字〉、〈電視〉等是如此，寫他個人經歷的〈醉漢〉（《非馬詩選》）、〈羅湖車站〉（《白馬集》）等也是如此。

　　〈羅湖車站〉寫他在大陸邊境的羅湖車站看見一個極像他父親的拄拐杖的老先生，又看見一個極像他的母親的老太太。他明知他們不是他的父親、母親，但他又多麼希望他們是他的父親、母親，希望他的離散已經三十多年、如今一個在台北、一個在廣東澄海的雙親能在同一個月台上相遇。但是當他看到月台上的這兩個老年旅客相見而不相識，立刻想到他父母親即使真的相遇，彼此也只會視同陌路，失之交臂。詩人此時此刻所感受到的希望和失望、無奈和悲哀，顯然不僅僅是他一個人的，而是代表了當

今由於國家分裂而骨肉長期離散的千萬個家庭。即使像我這樣沒有這種家庭遭遇的人讀了這首詩，也會感到一陣揪心的隱痛。

　非馬的詩，大多很短小，有的四行、六行即一首，最長的也不過二、三十行。若用「詩貴凝煉」這個標準來衡量，非馬的詩確屬上乘。他惜墨如金，寫得簡約、含蓄，使他的詩言簡意深，以約串豐、含而不露、意在言外。他的詩是感情的濃縮，思想的結晶，「味之，咀英嚼華；誦之，想像飛逸」。如《非馬詩選》裡的〈共傘〉：

　　　　共用一把傘
　　　　才發覺彼此的差距

　　　　但這樣我俯身吻妳
　　　　因妳努力踮起腳尖
　　　　而倍感欣喜

　短短五行，三十四個字，卻句中有餘味、篇中有餘意，塑造了一個饒有趣味而耐人尋味的詩境。它描繪的顯然不僅是一對戀人雨中共傘的情景。我們似乎也可以將這把傘理解為「家」。當夫婦之間發現差距和歧異時，難道不可以像這對共傘的戀人一樣，依然懷著愛心、互相體諒、互相適應，去彌補彼此的差異嗎？推而廣之，朋友之間、同事之間、社會之間、國家之間，彼此不也可以求同存異、取長補短而愉悅相處嗎？

　非馬善於調動詩歌藝術的形象化手法，用富有多層次聯想功能的象徵、意象、比喻來排除那種冗長而淺露的散文式的平鋪直

敘。他的詠物詩大多具有象徵性，用短小的篇幅揭示出由象徵所暗示的普遍性意義。如《白馬集》裡的〈羊〉，通過對吃草卻感恩，從未迷途卻聆聽說教、最後被宰殺當作犧牲品的羊的描述，刻畫了社會上一些卑怯愚昧、麻木不仁、奴顏婢膝、逆來順受的人們的精神狀態。又如同集裡的〈花・煙火〉，通過對「一群植根於泥土的花」仰看大都市夜空中「花枝招展的煙火」的情景的描繪，對照了社會上一些腳踏實地、不求聞達的人們的樸實天真，以及一些譁眾取寵、投機鑽營者飛黃騰達時的得意和身敗名裂時的悲哀。

　　非馬以他敏銳的藝術感覺捕捉並創造了鮮明而精緻的意象，從而使詩具有雋永而深邃的意境。我尤其喜愛他在〈獵小海豹圖〉（《白馬集》）裡所營造的小海豹的新鮮意象。根據作者「附記」的介紹，每年冬天在紐芬蘭島浮冰上出生的小海豹群，長到兩三個星期大小時，渾身皮毛純白，引來大批獵人大肆捕殺。這種大屠殺持續五天左右，直到小海豹的毛色變成褐黃，失去商用價值為止。作者在報上看到兩張照片，一張是一隻小海豹無知而好奇地抬頭看一個獵人高舉起木棍，另一張是木棍落地後一了百了的肅殺場面。照片上的景象是固定不動的，卻在詩人的腦海中活動起來，飛揚起來，他彷彿具體地感覺到了獵人手中的棍棒，看見他們上下揮舞地向小海豹擊去。由小海豹的頭隨棍棒舞動而上下起落的樣子，詩人聯想到它們第一次好奇地看到大自然壯麗景色的樣子，腦海中便又出現了一串流動的意象群：冉冉升起又冉冉沉下的紅太陽，悠悠飛起又悠悠降下的海鷗，匆匆湧起又匆匆退下的波浪……而就在這升沉、飛降、湧退之際：

純白的頭仰起
純白的頭垂下
在冰雪的海灘上
純白成了
原罪
短促的生命
還來不及變色
來不及學會
一首好聽的兒歌

只要我長大
只要我長大……

　　詩下部分的這些啟示性詩句與上半部分具有濃重感情色彩
的意象結合在一起，使讀者想像得更多，感受得更深，甚至能把
他們吸引到對社會和人生的思考上來。正如作者在「附記」中所
點明的：「這些不知天高地厚的初生海豹，多像戰火中成千上萬
無辜的幼小人類啊！不同的是，小海豹們只要捱過這短短的（或
長長的）五天，便算逃過了一場大劫，而人類卻沒那麼幸運罷
了。」一首二十行的短詩所營造的意象不是涵蓋著十分豐富深刻
的社會內容嗎？
　　非馬的詩在構思、想像、語言等方面也各具特色，值得探
討。但全面性的評論是詩評家的職責，毋須我來贅言。我僅想以
我的讀後感，向讀者推介這兩本詩集。我同時想起一位詩評家的

一段話：「詩人的全部創造的意願，在於寫出那個時代的情感的歷史。……能夠較為廣泛和準確地把握和再現這一時代的人們的情感的脈動，並且以較清晰的『心電圖』記載下來的詩人，歷史終要肯定他的價值。」我想，非馬是一個努力把握並記載我們時代脈搏的跳動的詩人，他的詩作必將受到更普遍的注目和承認。

　　寫詩是寂寞的事業，尤其在一個商業化社會，更是如此。但是，詩壇並未死寂，有人仍在馳騁。非馬就是其中之一。他實際上是一匹「馬」，一匹不畏寂寞、腳踏實地、在詩的原野上攢蹄奔騰、騁騁前行的「馬」。請聽他在〈馬年〉（《非馬詩選》）發出的蹄聲：

　　　任塵沙滾滾
　　　強勁的
　　　馬蹄
　　　永遠邁在
　　　前頭

　　　一個馬年
　　　總要扎扎實實
　　　踹它
　　　三百六十五個
　　　篤篤

1985年1月11日於紐約

原載：《海洋副刊》，1985.1.26；《笠詩刊》129期，1985.10.15

論非馬的詩

朱雙一

　　非馬近年來創作更見繁盛，台灣詩壇稱之為「現代詩的異數」。確實他的詩具有極為獨特的藝術風貌，使人一見就認得出，一讀就難以忘懷。平白簡短的幾行，卻似蘊藏無窮的韻味，耐人咀嚼，給人美的享受。探討其中奧秘，總結其藝術經驗以為借鑒之用，當是很有意義的事。

一、求新——以「反逆思考」為核心手段

　　創新是藝術基本法則之一。非馬的詩脫盡陳詞濫調，處處給人予新鮮感。詩人對「新」的刻意追求在意象的擇取上就顯露出來。煙頭、鞋子、領帶、電視等本與繆斯無多少緣分的事物，卻由他攜入詩歌殿堂，令人耳目一新。而這種奇特的意象擇取又與某些作家熱衷於怪誕詭譎、故弄玄虛截然不同。詩人的眼中始終沒有離開現實世界。他只是喜歡從周圍日常生活中尋找別人未加注意、不曾使用過的意象。除此之外，詩人還常有引人注目的奇特詩思。例如〈香煙〉（1970）：「燒到手指頭的時候／煙灰缸的亂墳堆又多了一具屍首／注定被點燃吸盡捻熄的生命／仍在不甘心地呼最後一口氣」。由於詩人主觀情感的投射，一個平時被人視為廢物的煙頭，卻成了執著於生命的頑強意志的象徵。可

以看到，有意識地反逆人們平常的觀物、思維習慣，是詩人「求新」的獨特方式。用非馬的話說，即「從平凡的日常事物中找出不平凡的意義，從明明不可能的情況裡推出可能」[1]。創新雖為藝術的普遍法則，但通向「新」的道路卻因人而異，從這裡往往顯示出作家的獨特風貌。

　　擇取別人不曾用過的意象，自然能「新」，但如果擇取的是一般詩人常用的意象，這時「反逆思考」就更重要，其作用更為突出，詩人的獨特性也表現得更為充分。最典型的例子是〈鳥籠〉（1973）：「打開／鳥籠的／門／讓鳥飛／／走／／把自由／還給／鳥／籠。」打開鳥籠，放鳥返歸大自然，這是多少文人墨客詠嘆過的主題，它幾乎成為人類嚮往自由的公共象徵了。而非馬卻硬是將它拉向相反的方向，呼喊「把自由還給鳥籠」。這種前所未有的呼聲，無疑給讀者一個巨大的「不意的驚奇」；而驚訝之餘，必然更深刻地體會到「束縛他人實自縛」的哲理內涵。在這裡，反逆思考成為翻舊為新的主要手段。這種手段在非馬詩中運用廣泛且效果奇佳，像〈構成〉（1970）也是一例。它不寫風浪中海鷗在飛翔之類濫調，卻寫道：「不給海鷗一個歇腳的地方，海必定寂寞，於是冒險的船離岸出發了，豎著高高的桅。」這樣船出海冒險的目的反倒是為海鷗提供落腳之地，以便讓大海縱情掀起波濤。人們慣常的思維邏輯完全被打亂、顛倒了，但卻很好地表現了一種脫離功利、與大自然冥合無間的情趣和為了美好目標而勇往追求的崇高情懷。

---

[1] 非馬：〈略談現代詩——在芝加哥中國文藝座談會上的談話〉，載《笠》詩刊第八十期。

　　除了取材、立意外，在謀篇佈局時，「反逆思考」也常成為獲取「新奇」效果的輔助手段。這時詩人往往開頭先將讀者的思路引向與主旨相反的方向，然後突然扭轉到正確的方向上來。〈共傘〉（1976）先寫一對戀人「共用一把傘／才發覺彼此的差距」，繼而一個突然的轉折：「但這樣我俯身吻你／因你努力踮起腳尖／而倍感欣喜」。相信一對戀人，特別是體高相差較多的戀人，讀了這首晶瑩剔透的愛情小詩，定會如飲甘泉，心靈為之顫動。

　　這種藝術魅力部分地應歸功於上述「先抑後揚」的突轉結構法。戀人無意中發現「差距」，未免令人掃興；當讀者正要順此思路往下走時，突然出了戲劇性的變化。由於「差距」，一人低頭俯就，另一人踮腳趨迎，愛情經過「差距」的驗煉而愈顯純真，自然使人「倍感欣喜」。套用一下前人語：在這突然轉折的光芒下，人性比其它任何平鋪直敘的詩作都放射出更耀眼的光輝。讀者的思路再次被扭轉過來，並在扭轉中得到一種特殊的審美愉悅。

　　由此可總結出非馬藝術技巧的一個突出特徵：善於運用「反逆思考」表達對生活的獨特觀察和見解，給讀者以「不意的驚奇」和有力的衝擊，激發他們的審美感受和共鳴。詩人不是靠搜奇獵怪或玩弄形式，而是靠挖掘日常事物中為常人所未見的本質意義來獲得新穎的藝術魅力。在這裡「求新」和「求深」（探索事物的本質）互為因果、相得益彰。「反逆思考」因可獲此一箭雙雕的效果而具有特殊審美意義。

二、張力──象徵性和力度的加強

　　張力產生於相衝突而又相配合的成分之間，是詩中若干對立因素之間的內在關聯。富有張力的詩，組合雜繁相異的因素於一有機整體，於不和諧中求得和諧，於矛盾對抗中求得統一。非馬的詩，除了「新」的特徵外，還因其強韌的張力而增強了藝術的魅力。

　　首先在對詞語的外延（字面意義）和內涵（隱喻意義）之間關係的處理上表現出張力。詩人既倚重內涵，使詩富有象徵意義，又不忽視外延，避免了概念、邏輯的模糊和散亂。以〈樹〉（1979）為例：「日日夜夜／我聽到／心中的／年輪／在通往／蠻荒天空／崎嶇的／路上／轆轆轉動」。因樹而有年輪，有輪才能轉動，這外延的展開是連續而又完整的；而詩歌的暗示意義也與外延同時發生著作用。年輪代表歲月，年輪的轉動代表著歲月的流逝。整首詩暗示著詩人因生命的流逝而產生的一種焦慮感。從這裡顯示了內涵和外延二者之間張力的重要性。有些現代派詩人只重內涵、感性，他們的詩只是一堆感官印象的混雜堆砌，缺乏起碼的邏輯聯繫，因而晦澀難解；相反，有些詩人只重外延、理性，詩歌缺乏暗示、象徵而使詩意全失。非馬與這二者都不同，他的詩富有張力，表層總是清晰可解，而深層總又包含著豐富的意蘊。這一點很重要，它是非馬藝術風貌的組成部分，是與某些現代詩的明顯區別。

　　當然，張力不只在此，它在非馬詩中廣泛地存在著。例如，為了直指事物真實存在的核心，非馬的詩發展了一種簡潔而近於抑制的風格，避免過於繁雜的意象、堆砌的形容詞或拖泥帶水的

連接詞。另一方面，他刻意追求象徵性，極力褒舉「帶有多重意義的意象」。既反對「拖泥帶水」，又要有「多重意義」，既要簡潔，又要豐繁，我們可感受到其中的張力。

雙關和複義的運用是達此目標的有效手段之一。〈龍〉由於採用一個精心選擇的雙關語而使整首詩產生了耐人尋味的複雜含義：「沒有人見過／真的龍顏／即使／恕卿無罪／抬起頭來／／但在高聳的屋脊／人們塑造龍的形相／繪聲繪影／連幾根鬍鬚／都不放過」。這裡的「龍顏」可照字面做「龍的面貌」，也可特指皇帝的容貌。照第一義，這首詩諷刺某些人毫無根據的憑空臆造。照第二義，這首詩可當作阿諛奉承、趨炎附勢、甘作奴才者的寫照。尤為巧妙的，這第二義還可有機複合為更加深刻的第三義：揭示了驚心動魄的異化現象：人們往往親手造出偶像而反受其欺壓。雙關和複義的作用使這首短詩具有比長篇大論更為豐富的象徵意蘊。

〈石子〉一詩用詞簡約生動，意境清靈淡雅，充滿田園風味：「火煉過水浸過／雨打過風刮過／這顆晶瑩渾圓的／小石子／此刻被放在／陽光亮麗的路上／靜靜等待／一隻天真好玩的腳／一路踢滾下去」。[2]也許這不過是一首寫實詩，描寫天真未泯的田園情趣，或者用這充滿生機的圖景，暗示新舊交替的機運。然而也可把它當作反諷詩來談：歷盡滄桑，素來帶有神秘光彩（孫悟空、通靈寶玉均從石頭誕化而出）的一顆小石子，也許正洋洋自得，自高身價，但終不過是小孩子腳下的玩物。或許還可把它當作一位老年人的感嘆：人與命運無法抗衡。由於詩歌簡約含

---

[2] 這一首詩前後兩次發表有所改動，這裡以後一次（1986年10月）發表的為準。如將它們略加比較，還可看出非馬錘煉語言，使之更為簡煉生動，富有多重象徵性。

蓄，為讀者留下廣闊的想像空間，反而大幅度提高了詩的容量，產生了多重象徵性，達到以簡單意象暗示人類生命本體的功效。這也是許多長篇大論所無法達到的。

　　有時詩人把對立因素直接呈現在字面上，張力就表現得更為明顯具體，而它對詩歌力度的加強發揮更直接的作用。〈登陸月球〉（1979）寫人類首次登月，這類詩本極易墜入應景文字，它卻因富有張力而頗可觀。「一腳踩下去／便驚動嫦娥／急急作再一次出奔。」先用嫦娥的意象喚起人們心理的沉澱，暗示人類千萬年來的奔月宿願。第二節：「一腳踩下去／卻激起如許灰塵／把人類的夢／撒向更遙遠更神秘的星球。」讀者的目光又被拋向未來。這種大跨度的時間跳躍，無疑能激起崇高的美感。再者，詩的前後都是想像，中間卻夾入細緻入微的寫實描寫。作者將歷史的和未來的、巨大的和細小的、永恆的和瞬間的、寫實的和想像的這些矛盾因素集中在短短的七行詩裡。這強大的張力自然能震動讀者的心靈。

　　矛盾語也是對立因素在字面上的直接呈現。〈領帶〉：「在鏡前／精心為自己／打一個／牢牢的圈套／／乖乖／讓文明多毛的手／牽著脖子走。」擬人化了的「文明」卻有「多毛的手」（野蠻的標誌）和牽人脖子走的野蠻舉動。通過此矛盾語和反諷場景（為自己設圈套），表現作者對西方文明的某種抵拒心理。作者曾開玩笑地說：「《笠》的精神是不穿西裝的。」[3]〈五官·耳〉：「眾聲喧嘩中／耳朵／被一陣突來的／靜默／震得發聾。」它是既謬且真的矛盾語：靜默竟能震人耳聾，乃其「謬」；靜默有時比吵嚷更見威力，又達到哲理上的「真」。

---

[3]　1986年12月在深圳與「台港及海外華文文學講習班」學員座談時講。

〈靜物（二）〉（1973）則直接體現了美與醜之間的張力：「懨懨了／一整個冬天的／瘦花瓶／在暖暖初春的／陽光裡／猛咳一陣之後／吐出了／一口／猩紅猩紅的鮮／玫瑰」。大約詩人內心不甚痛快，把這感情外射，使事物蒙上了病態。但詩的意象鮮明、新奇，自有其藝術魅力。須指出，這種對立因素的有意拼合並非偶然，它體現了某種美學原則和規律。〈今天的陽光很好〉（1975）或可當作詩人表達其文藝觀點的詩來讀，談的正是對張力的看法：「我」在寫生，畫上了藍天、小鳥、綠樹、白雲、金色的陽光和蹦跳的松鼠，構成一副充滿生氣的美麗風景圖。「但我總覺得它缺少了什麼／這明亮快活的世界／需要一種深沉而不和諧的顏色／來襯出它的天真無邪。」這時，「一個孤獨的老人蹣跚走進我的畫面／輕易地為我完成了我的傑作。」看來詩人認為那種單純、和諧的圖像，並不一定真的美，它缺少一種生命的律動，力的對抗；只有寫出事物的千姿百態，諸如美與醜、清與濁、白與黑之間的雜揉、鬥爭，才能代表真正的生活和真正的「美」。這與某些理論家的觀點可謂不謀而合。如瑞恰慈認為，詩的經驗極致，必由兩種或兩種以上的抗力構成，它是由不和諧的元素組成的和諧秩序；如詩由原本已和諧的元素構成，則會減低或失去詩的最可寶貴的張力。宗白華先生曾說，年幼時他喜歡的是「自然的調和完滿和神秘」，但年長後，更喜歡充滿衝突、曲折的東西。這其實都反映了某種規律。心理學家認為，不成熟的人和時代，往往一味追求快樂，但對於人的高級本性來說，「單純追求」的快樂則是異己的，而人總要排斥異己的東西。因此，單純快樂的藝術並不能使他快樂。對於成熟的審美經驗來說，越是充滿多種力量衝突的藝術越受歡迎。這也許正是張力產

生審美效果的心理依據吧！看來，張力的增強不僅反映由少年到成年、老年的審美心理的變化，也是藝術從古典向現代轉化的趨勢。在非馬的詩中，我們就看到張力的增強成為作品加強象徵性和力度的高效觸媒。

三、嘲諷——從古典式的類型到技巧的多樣化

　　非馬很少寫濫情的浪漫詩，而是以理智的眼光冷靜地審視著人間世態，這種態度最容易走向諷刺。果然，非馬詩作中嘲諷詩占了很大比重；涉及範圍包括某種社會制度、社會事件，某種社會行為，而以揭示某種人性缺陷為最多。

　　以某種動物來暗示某種性格，是非馬最常使用的方法。這種諷刺並不針對個人，而是指向某種類型。這就帶上古典主義的色彩，因古典主義正是以刻劃類型為創作原則之一。看來非馬既無公仇，也無私怨，他只是看到人們某種較普遍的缺陷就將它刻劃出來。這種古典式的類型諷刺自有其特色和價值，因它帶有極廣泛的一般性，更具普遍的反省意義。但在現代社會裡，它似乎稍嫌呆滯、籠統、陳舊，難以符合現代人的審美要求，這就需有彌補的辦法。

　　柏格森在其名著《笑》中，根據莫里哀等古典主義作家作品總結喜劇藝術的特點，認為除了「類型」以外，另一特點是其觀察僅及事物表面。也就是說，它只求「廣」，不求「深」。在此問題上，非馬開始與之分離。他刻意追求諷刺的深刻性，立足於從極平凡的事物中尋找其不平凡的意義。這就能使他撥開事物的外表，發現別人未見的本質。像〈人與神〉（1975）對打著漂亮

招牌謀私利的偽善者進行諷刺：「他們總在罕有人煙的峰頂／造廟宇給神住／／然後藉口神太孤單／便把整個山頭佔據。」詩人慧眼獨具，從人們熟視無睹的現象中，把對象隱蔽得很深的秘密意圖挖出來。由於「深」，彌補了古典式類型諷刺的某些弱點而獲得更大的藝術震動力。

彌補弱點的另一主要途徑是藝術技巧的多樣化。它使非馬的諷刺詩作各呈異彩，毫無呆滯、單調之弊。〈法律上〉（1978）寫的是：從法律上講，「你」有個美滿家庭，妻、兒都很忠心、孝順。但有天突然發現妻子失節、兒子販毒，於是「你」離家出走。經過一段法定時間，「你」被宣告失蹤，繼而宣告死亡。作者似乎客觀地敘述著事情的經過，卻使資產階級法律的局限性和虛偽性暴露無遺。這正是魯迅所說：「無一貶詞」，而「情偽畢露」。

作者更經常的是精心製造一個反諷場景。〈方城計〉中四位身經百戰的猛將，揮著染血的長劍，分別自四方攻入城池，卻發現圍了半天，又是一座空城。用一種重大手段追求似乎巨大的目標，結果卻十分渺小，這就像「大山的陣痛」一樣，人們期待著奇蹟，卻見生出一個小老鼠！前面渲染得越嚴重，後面的結果越虛渺，就越可笑。「又是」兩字用得絕妙，它表明這情況並非首次發生，因而反諷意味更濃。

〈新與舊〉（1973）中出現的是另一類型的反諷場景：「囂張的／新鞋／一步步揶揄著／舊鞋／的／回憶。」新鞋目前引為驕傲的步伐，正加速把它帶向它所揶揄者的同樣下場，而它卻毫不自知，洋洋自得。觸及了生態平衡問題的〈羅網〉，也是以自己的行為促使自己走向滅亡但卻毫不自知的反諷場景表現其深刻的主題。

　　〈創世紀〉（1977）似乎在搞文字遊戲：當初人照自己的形象造神，「這樣／上帝是白人／下帝是黑人／至於那許多／不上不下帝／則都是些／不黑不白人」。雖是文字遊戲，卻意義深刻。那上帝下帝、不黑不白之類故作精確的推論，令人忍俊不禁。〈通貨膨脹〉（1973）則利用矛盾語增加諷刺力量：「一把鈔票／從前可買／一個笑／／一把鈔票／現在可買／不止／一個笑。」題目預示物價的上漲，而「笑」的價格反而下跌，多麼矛盾的現象！但這多出的「笑」，本身就是「嘲笑」。升、降格嘲諷是利用語言格調色彩的巧妙搭配而形成的。〈獄卒的夜歌〉採用的是升格嘲諷，它以莊嚴、高貴的語言來敘述齷齪卑下事物，將獄卒撥弄鑰匙寫得像彈琴一樣美妙；〈供桌上的交易〉則運用降格嘲諷，以粗俗的語言來敘述人們心目中的高貴事物，將菩薩寫得與凡人無異，甚至更糟。

　　此外，對比這一古老而又必不可少的手法也有巧妙的運用。〈啞〉中的對比兩項是「伶俐的嘴」和「啞巴」這兩個極端。前者有時連一個「我」字都不敢說，而後者直口噴出的「啊啊」之語，常比滔滔雄辯更耐聽。這正是魯迅所說的「並寫兩面，使之相形。」作者盡量拉開對比兩項的距離以造成強烈的反差。〈虎〉中的對比最為新穎獨創：「眯著眼／貓一般溫馴／蹲伏在柵欄裡／／武松那廝／當年打的／就是這玩意？」用一句將信將疑的問話勾起人們對虎的原始印象來與現狀對比，嘲諷為環境所挫敗的意志薄弱者。可見詩人的諷刺技巧已達到出神入化的地步。可以說，詩人正是靠諷刺的深刻性和技巧的多樣化使其古典式類型諷刺存利除弊，煥發出更為強烈的藝術色彩。

四、語言──與情、意吻合的音、像效果

非馬既反對「用謎語寫詩」，也反對「一窩蜂用俚語寫詩」，所以他的語言是生動的口語，但並不俚俗。短促靈活的旋律，簡煉清晰的文字，構成非馬獨特的語言風格。意義密集型的精煉語言的形成與他善於將意象加以濃縮和跳接分不開。〈運煤夜車〉是個典型例子。詩的第一節：「坍陷的礦坑／及時逃出的／一聲慘呼」，將一場驚心動魄的煤礦坍陷事故的情景，濃縮在「慘呼」這最有代表性的意象上。由此引出第二節：「照例呼不醒／泥醉的黑心」，表明事故後照舊有人去幹活。這裡的「泥醉」既可能是實寫，表示礦工經常喝酒以消除疲勞或以酒澆愁、麻醉心靈，也可能是虛寫，表示礦工雖明知危險，但為了生活，只好黑下心來捨命去幹，這種心理狀態，就像「泥醉」一樣似乎失去了理智。最後一節：「只引起／嵌滿煤屑的黑肺／徹夜不眠地／咳咳／咳咳／咳咳」，寫的是即使能逃出坍陷、爆炸等危險，也終究逃不過「矽肺」這一不治之症。煤礦工人的勞動情景，他們的心理狀態，他們的最終命運，都在「慘呼」、「泥醉」、「夜咳」這幾個意象中得到完全的展示。幾個意象具體鮮明又跳接得十分自然、順暢，給人一以貫之的感覺。

古典詩歌講究情景交融的意境，但它們的外形和節奏被固定於某種格律中；而自由詩的形式，使現代詩人可進一步追求與情感和意義直接吻合的聲音、圖像效果。非馬嫻熟地使用了這一技巧。他有時用文字上別出心裁的排列直接模仿所寫事物的外表與動態。如〈門〉，前後兩行為四個字，中間兩行為兩個字，其圖形正肖似繁體的「門」字，將詩題形象化了，同時增加了詩歌要

渲染的某種神秘感。上引過的〈鳥籠〉則富有動態美：

　　　打開
　　　鳥籠的
　　　門
　　　讓鳥飛

　　　走

　　　把自由
　　　……

　　這裡故意把一個「走」字單獨作為一節，就真的像遼闊的天空中一隻小鳥在我們的視線裡逐漸遠去，變成一個黑點。這無疑使「鳥飛走」這件事顯得更為生動、具體，給人以深刻印象。

　　非馬詩的音節、節奏流暢，無所拘束，這不僅使他能用某種特定節奏表現特定感情，如短促表示歡快，舒緩表示沉重，而且能在必要時直接模仿事物的聲音狀態，造成更為美妙的音響效果。〈瀑布〉一詩頌揚不受外力干擾，向著既定目標直走不懈的精神。詩歌採用「突入法」。最先兩行：「吼聲／撼天震地」，音節急速有力，就像一匹瀑布凌空而下，地動山搖，接下兩句較長的，節奏舒緩又兼重複，對稱的排比句式：「林間的小澗不會聽不到／山巔的積雪不會聽不到。」這就像聲音傳到遠處的山巔林間並不斷地迴響、轟鳴著。中間一節：「但它們並沒有／因此亂了／腳步」作了敘述後，最後一節又富有音樂美：「你可以看

到／潺潺的涓流／悠然地／向著指定的地點集合／你可以聽到／融雪脫胎換骨的聲音／永遠是那麼／一點一滴／不徐不疾」。前四句寫流水，其節奏輕緩悠揚；後五行寫融雪，最後的「一點一滴」，「不徐不疾」，正像水珠短促而有節奏的滴落聲。將聲音模擬得最為維妙維肖的應算〈看划龍船〉了：「如果鼓聲是龍的心跳／那幾十支槳該是龍的腳吧！／／鼓，越敲越響／心，越跳越急／腳，點著水／越走越快越輕盈／／而岸上小小的心啊／便也一個個咚咚咚咚地／一起一落／一起一落」。幾乎不必加以分析，只要多讀幾遍，你就會覺得好像親臨水邊了。

甚至圖形和聲音可以互相轉換。〈雨季〉寫下雨：「翻來覆去／總是那幾句話／滴滴答答／嘰嘰喳喳」，第二、三節：

> 而我們多巴望
> 一個暴雷
> 一聲斷喝
>
> 閉嘴！

最後兩字單獨排列，就像「轟隆」一聲，一個突如其來的悶雷，傳入我們耳中，震動我們的心房。

五、主旋律——人間愛及堅實向上的人生態度

上面我們主要分析了形式方面的特色。但非馬詩的魅力不僅在於形式，也在於內容。忽視這一點，將無法真正了解其藝術魅

力的奧秘。

　　非馬曾說：「對人類有廣泛的同情心和愛心，是我理想中好詩的要件。」[4]確實，同情和愛是非馬詩中始終迴盪著的一個主旋律。前所舉小詩〈共傘〉，表現的是一種超越任何「差距」的「純情」。非馬並不多寫愛情詩，他把愛投向更廣闊的人間：「挑擔的老嫗」蹣跚的腳步，就像重錘一下下打在詩人負疚的心上；到賭城轉一轉，詩人的心幾乎滴血了：唐人街來的廚師，竟老眼昏花地把「吃角子老虎」看成他留在鄉下的一群永遠長不大的孩子。作為一個炎黃子孫，詩人特別把愛鍾集於祖國、家鄉、親人。在〈重逢〉、〈羅湖車站〉、〈醉漢〉（1977）等的詩作裡，他那原來有所節制的感情，往往抑制不住而激烈地迸發出來。詩人對祖國的愛不是宗教式的愚忠，而是建立在對民族歷史的清醒審察和深刻反思上，因而一再塑造了民族的象徵──黃河的悲壯形象：根據史書上血跡斑斑的記載，這千年難得一清的河，其實源自億萬隻苦難泛濫的人類深沉的眼穴；千百年來，中華民族千萬個、億萬個苦難，一古腦兒傾倒在它身上，使它渾濁、泛濫，改道又改道。愛之彌深，呼之愈切，詩人寫黃河的苦難並非嫌棄它，相反的，正表現了愛之深沉。對勞動大眾的愛，對祖國和親人的愛，充分體現了詩人的人道精神。與此相反相成的，是詩人表現在〈公園裡的銅像〉（1973）、〈龍〉、〈夢遊明陵〉等作品中的反權貴思想，以及經常反復出現的反戰主題。在九一八紀念會上默哀時，詩人雖閉起眼睛，卻看到了千萬隻死不瞑目，靜默一分鐘，卻聽到八年裂耳的慘呼；並且由歷史回到現實：「但此刻爬過我們臉頰的／已不僅是／四十五年前淹沒南

---

[4]　《美麗島詩集》p.226。

京的血淚／此刻火辣辣爬過我們臉頰的／是在日本的教科書上／以及貝魯特的難民營／先後復活的／全人類的羞恥。」在這裡反戰和愛國情緒融為一體。

時刻給我們強烈感染的，除了這種深厚的人道精神外，是非馬詩中與「愛」並行不悖的另一主旋律，這就是堅實向上的人生態度。例如〈花‧煙火〉歌頌扎根於泥土的精神，嘲笑瞬時即滅，華而不實的作風。〈煙囪〉、〈老婦〉等詩表現了再卑微的人，都有他自己的一份追求。前者寫道：在搖搖欲滅的燈火前，猛吸煙斗的老頭，只想再吐一個完整的煙圈；而後者以老婦人反復喊著：「我要活」作結。這種對自我尊嚴的維護和自我權利的珍惜，得到了詩人的充分肯定。

〈秋窗〉、〈照鏡〉、〈四季（二）‧秋〉等詩表現作者一種與眾不同的達觀態度。一般人常為中年的到來感到莫名的惆悵，而在非馬詩中，秋天、白髮並沒有給詩人帶來煩惱。〈秋窗〉中覺得中年的妻洗盡鉛華的臉如秋天成熟的風景，雍容大方。而〈秋〉寫道：「妻兒在你頭上／找到一根白髮時／的驚呼／竟帶有拾穗者／壓抑不住的／歡喜。」這種對中年到來的達觀、欣喜，表現了知識份子的特有心態。他們不大為體力上的衰減而憂慮，而為思想的成熟、知識的積累、工作的收穫而滿足，所以將此比為「拾穗者的喜悅」。這是一種十分真實，也是十分健康的情緒。

最為動人的還是非馬那種頑強、踏實、永遠向上的人生態度。非馬有三首以「新年」為題材的詩，刻劃了對時間、生命的三種不同的體認，都寫得很妙，不忍割愛，全錄於此，也可供做個對比，窺見非馬的人生態度。第一首是〈新年〉，寫的是一群

缺乏生命意志，年復一年混日子的灰色人群：「正零時／他們照例對著酒杯／唱依依的驪歌／黯然送走／一年前鄭重立下的誓願／／然後轉過身來／齊聲歡呼／當新的決心／自脫胎換骨的香檳酒裡／源源冒出／成為飄滿空中／五彩繽紛的氣球」；第二首〈除夕〉，同樣寫了年初計劃未能兌現，但認識到虛度光陰是對生命的浪費，就如戰爭摧殘生命一樣嚴重，因而內心受到煎熬：「對三百多個沒發芽的日子／也只有這樣狠下心來／爆米花般把它們爆掉／／而經歷過槍林彈雨的手／引燃這麼一串無害的鞭炮／卻依然戰戰兢兢／如臨大敵。」如果說這詩中人雖有清醒的認識，但還稍嫌消極，那麼〈馬年〉則表現完全不同的另一種風貌：「任塵沙滾滾／強勁的馬蹄／永遠邁在前頭／／一個馬年／總要扎扎實實／踹它／三百六十五個／篤篤。」詩人嘲諷了第一種人生態度，對第二種深表同情，而這第三種，正是詩人的自我形象，自我要求。有趣的是非馬不僅被稱為「現代詩的異數」，還被稱為近年來台灣詩壇上「一匹昂首揚蹄，縱橫飛馳的矯健的黑馬」。讀了第三首詩，我們覺得這比喻是多麼的恰當！非馬在詩壇上並非獨占鰲頭，他的詩也並非十全十美，如白萩就認為：「非馬的詩雖然有一針見血式的深刻，但廣度顯然是不夠的。」又有人認為他將一句話分割成數行的句型，需依賴紙上的排列而較難誦讀；他那近於抑制的風格，也未必能得到所有讀者的喝采，但無論從創作態度上，還是從創作成績上講，他都是名符其實的「黑馬」。我們彷彿可以聽到他那「篤篤」、「篤篤」的腳步，正堅實地邁在詩歌的土地上，清晰可辨，永不停歇。

原載：《新大陸詩刊》10期，1992.6；華報，1992.7.9。

現實與現代的詩情昇華
——非馬的一種解讀

陸士清

　　詩人非馬，已是世界華文文學界的一個靚麗的名字，關於他本人的身世和經歷已無需多說了。至於他詩作的成就，論者也已似夏夜繁星，論述的文字也已是滔滔江水，我們只要舀一瓢飲，就可見一斑了。我們當然都會記得台灣現代詩的「旗手」紀弦，他是自視極高的孤傲者。〈狼之獨步〉就是他作為「旗手」的孤傲的寫照：「我乃曠野裡獨來獨往的一匹狼。／不是先知，沒有半個字的嘆息。／而恒以數聲淒厲已極之長嗥／搖撼彼空無一物之天地，／使天地戰慄如同發了瘧疾；／並刮起涼風颯颯的，颯颯颯颯的：／這就是一種過癮。」這位孤傲者是很少讚揚他人的，更不要說欽佩了。可是對非馬則是另眼相看。他在〈讀非馬的〈鳥籠〉〉一文中說道：「詩人非馬作品〈鳥籠〉一首，使我讀了欽佩之至。像這樣一種可一而不可再的『神來之筆』，我越看越喜歡，不只是萬分羨慕，而且還帶點兒妒忌，簡直恨不得據為己有才好哩。」（《新大陸詩刊》，27期。1995、4）瞧，紀弦那艷羨之情中所洋溢出的對非馬創作成就的肯定，相信那已是不言自明的了。如果說紀弦的話屬於感性的申述，那麼，我們不妨再引一位大陸詩人迪拜的一段話：「〈越戰紀念碑〉，是非馬先生貢獻給詩歌歷史的『傑出作品』，十二行短詩，統領大時代

的風雨硝煙，統領人類歷史發展的縮影，統領無數親情的悲歌，尤其是，『用顫悠悠的手指／沿著他冰冷的額頭／找那致命的傷口』，具有穿越時空的魅力，非馬先生向歷史貢獻了自己。」「非馬先生憑藉〈越戰紀念碑〉，已經可以進入『歷史詩人』的行列。注意：不是『當代詩人』而是『歷史詩人』。」（「〈越戰紀念碑〉使非馬先生進入『歷史詩人』的行列。」《北美楓》，2006.10.3）

　　「此馬非凡馬！」李元洛先生說得完全正確。

　　非馬的詩所以令人欽羨，所以可以進入歷史，非馬所以非凡馬，我認為除了他個人天賦的詩才之外，最主要的原因是他有獨特的詩觀，他自覺要求自己的詩「比現實更現實，比現代更現代」。那麼，究竟何謂「比現實更現實，比現代更現代」？對這個命題，過去我們也許已從不同的角度和在不同的程度上觸及了，但似乎又未全面地面對，所以一提到這個問題，對我來說總覺得還缺乏清晰的印象。這裡，我試圖就此做些梳理，也算是對非馬的一種解讀吧。

一、比現實更現實

　　我覺得「比現實更現實」首先是「現實」的。非馬說過：「今天一個有抱負的詩人不可能再躲到陰暗的咖啡室裡尋找靈感。他必須到太陽底下去同大家一起流血流汗。他必須成為社會有用的一員，然後才有可能寫出有血有肉的作品，才有可能對他所生活的時代作忠實的批判與記錄。」縱觀非馬的詩，我們能真切地感受到非馬不是懸於雲端、飄忽於幽冥之間的行空天馬，而

是擁抱泥土、篤篤有聲地奔跑於人生之路上的、傳遞夢想的寶馬。非馬是入世的，是擁抱現實的。更為重要的是，非馬關注的不是個人小天地裡的悲歡，也不是小圈子裡的杯水風波。他有寬闊的胸懷、高遠的視野和深廣的愛心。他詩中有親情、有鄉土、有國族苦難的記憶和人類歷史的烽煙。他的詩是時代生活思想情感的結晶。他寫親人分離的痛苦和重聚時的悲歡。如〈醉漢〉、〈重逢〉、〈羅湖車站〉等。讀了令人迴腸百轉的〈醉漢〉，已經是漂泊台島和海外遊子深情思念母親，思念祖國的經典了。非馬熱愛祖國，他將祖國歷史的苦難濃縮在〈黃河〉中：「溯／挾泥沙而來的／滾滾濁流／你會找到／地理書上說／青海巴顏喀喇山／／但根據歷史書上／血跡斑斑的記載／這千年難得一清的河／其實源自／億萬個／苦難泛濫的／人類深沉的／眼穴」。非馬是美國公民，但他熱血的胸膛中，深深鑄刻著民族文化的記憶。看他的〈中秋夜〉：「從昂貴的月餅中走出／一枚仿制的月亮／即使有霓虹燈頻拋媚眼／膽固醇的陰影仍層層籠罩／如趕不盡殺不絕的大腸菌／／就在這時候／我聽到你一聲歡叫／月亮出來了！／果然在遙遠的天邊／一輪明月／從密密的雲層後面／一下子跳了出來／啊！仍那麼亮／那麼大得出奇」（〈中秋夜〉）「冰箱裡／冰了／整整十三個／鐘頭的／故鄉月／餅（唐人街買來的）／嘗起來／就是／不對／勁」（〈中秋夜〉）。親情、鄉土、以及民族的生活、民族的歷史、民族的情懷，交織成了非馬的詩魂。

　　非馬說：「對人類有廣泛的同情心和愛心，是我理想中好詩的首要條件。」非馬關注的遠不只是本民族生活和歷史。他以悲天憫人的情懷同情中東和非洲人民，寫他們的乾渴，寫他們的

飢餓，將他們的悲苦寫得怵目驚心：「連黃沙／都熬不住焦渴／紛紛鑽入／難民的眼睛鼻孔耳朵與嘴巴／討水喝／卻發現都是些／被抽光了原油的枯井／／便一窩蜂／爭著去簇擁／軋軋的履帶／／紅滾滾的太陽／早提醒它們／鮮血／最能止渴」（〈中東風雲〉）；「一個大得出奇的／胃／日日夜夜／在他鼓起的腹內／蠕吸著／／吸走了／猶未綻開的笑容／吸走了／滋潤母親心靈的淚水／吸走了／乾皺皮下僅有的一點點肉／終於吸起／他眼睛的漠然／以及張開的嘴裡／我們以為無聲／其實是超音域的／一個／慘絕人寰的呼叫」（〈非洲小孩〉）。非馬傾注同情，也吐露憤怒，而兩者往往密合交織在一起。他揭示製造仇恨不義戰爭帶給人類深深的傷痛：「一個指頭／輕輕便能關掉的／世界／／卻關不掉／／逐漸暗淡的熒光幕上／一粒仇恨的火種／驟然引發／熊熊的戰火／燃過中東／燃過越南／燃過每一張／焦灼的臉」（〈電視〉）他曠闊的人道胸懷涵容著全人類，乃至地球村的生靈。「詩的現實是詩人用敏銳的眼悲憫的心，對宇宙人生歷史社會的事事物物，經過深刻的觀照與反省，所凝聚成的令人心顫的東西。」非馬的詩，正如他所說的，是他以敏銳的眼悲憫的心，對宇宙人生的深刻的觀照的結晶，所以他的詩對人民具有審美的意義。

　　第二、非馬的「比現實更現實」，不只是要將詩植根於現實生活，抒寫現實，模寫現實，而是要超越現實，昇華現實，也就是要更深刻、更本質、更藝術地反映現實。那麼，怎樣超越和昇華現實呢？非馬說過的兩段話，實際上是對這個問題理論的詮釋：他說「一首好詩必須給人新的東西──新的見識，新的觀念或新的意義。但這些新見識新觀念新意義必須植根於我們的經驗，

這樣我們才有可能同它們關聯溝通。換句話說，新東西其實也不是全新的，它們本來就在那裡，只是由於我們的無知或遲鈍的眼光，以致對它漠視或視若無睹。等到詩人指出來給我們看，我們才恍然大悟甚至驚異地說：我以前怎麼沒看到它想到它呢？這種認知或突悟通常會感動並鼓舞我們，使我們對周遭的世界有更多的了解。」（〈這是一首詩，那是一隻蒼蠅〉1999.5.8，非馬在「美國華人圖書館協會中西部分會」年會上的講話）他又說，他要「從平凡的日常事物中找出不平凡的意義，從明明不可能的情況裡推出可能。」

　　這裡有兩點值得注意：一是「植根於我們的經驗」，（注意：是「我們」，是群體）以及「平凡的日常事物」。這可以理解為「現實」；二是「一首好詩必須給人新的東西——新的見識，新的觀念或新的意義。」「從平凡的日常事物中找出不平凡的意義，從明明不可能的情況裡推出可能。」這實際上就是現實的基礎上的超越和昇華。當然，這超越和昇華的過程中，還有藝術的和美學的處理。這點留待下面再議。非馬的創作實踐是否體現了他的追求呢？回答是肯定的。先看受到紀弦特別欣賞的〈鳥籠〉：「打開／鳥籠的／門／讓鳥飛／／走／／把自由／還給／鳥／籠」一個對詩多少有些感悟能力的人，讀著這首只有十七個字的詩，都不免會遭遇一次情感的衝擊，甚至是靈魂的洗禮。因為詩太新太奇了。習慣的思維是打開鳥籠，讓鳥飛走，將自由還給鳥就是了，可是這裡不僅要將自由還給鳥，還要將自由還給鳥籠。這種打破習慣性的思維方法，重構事物的關係，從中推出全新的意義的創新的詩思，就是對現實的超越與昇華。當然這首詩的意義遠不止這些。這裡的「鳥」和「鳥籠」是一對矛盾著的

實象，打開鳥籠的門，鳥兒飛走了，鳥自由了，鳥籠也自由了。
這是實在生活的表現。同時這裡的「鳥」與「鳥籠」又是具有豐
富含義的象徵體，象徵著束縛與被束縛、限制與被限制、禁錮與
被禁錮、侵略與被侵略、壓迫與被壓迫等等的矛盾對立的觀念與
行為。打破束縛、限制、禁錮、侵略、壓迫等等的枷鎖，那麼，
矛盾的雙方都自由和解放了。這裡，「鳥」與「鳥籠」是實象，
但由於它是具有豐富含義的喻體或象徵體，因而它在人們的認識
和聯想中發生了從「實」向「虛」的演化。這裡，「鳥」與「鳥
籠」是「一」個，但由於它的象徵意義，從而發生了從「一」到
「多」的轉化，也從「有限」向「無限」的轉化。這種「演化」
和「轉化」，實際上就是詩的超越現實和昇華現實，就是「比現
實更現實」。「鳥」和「鳥籠」，這是常見的極平凡的事物，可
是經過非馬的巧思和營構，就從中找出了不平凡的意義。那就是
打破一切不義的束縛、限制、禁錮和罪惡的侵略、壓迫，把自由
還給人民，還給世界。我們再看看他的〈共傘〉：「共用一把傘
／才發覺彼此的差距／／但這樣我俯身吻你／因你努力踮起腳尖
／而倍感欣喜」。這裡，傘可以說是再平常不過的事物了，可是
到了非馬筆下，就溢發出了微言大義。表面看，這寫的是一對情
人在傘下的親吻，但細細品味，我們就能發現那深藏在其間的、
關於人際的、社會的和世界的和諧的哲理。像有高低差距的情侶
一樣，社會上、世界上有強者與弱者、強勢群體與弱勢群體、強
勢文化與弱勢文化、發達國家與發展中國家都共用一把「傘」
——家庭的、社會的空間，乃至一個天空，如果強的一方能真誠俯
身親吻（愛）弱的一方，弱的一方也同樣回應以愛，那麼情侶、
家庭、社會、文化和國際之間就會充滿和諧的欣喜。相反，如果

生活在一個天空下的強者側下身來，咬弱者一口；或者弱者暗踹強者一腳，那麼迎來的就不會是和諧而是對罵、互毆、開打，而必將個個都遭到伊拉克的命運了。極平常的「傘」下，藏有如此的哲理，我們並未注意到，是非馬以詩的語言和形象給我們顯示了，我們才恍然大悟。非馬說過：「詩必須具有多層次的意義。如果一首詩只有一個固定的意義，在我們讀過一兩遍以後，便顯得乏味了。沒有新的東西產生出來，它因此像一棵不再發新葉的樹一樣，終於成了一首死詩。一首成功的詩必須能對不同的讀者，或同一個讀者在不同的時間地點與心情下，產生不同的反應與感受。根據各自的背景與經驗，讀者可把自己的想像與解釋加諸於一首詩，從而共享到創作的樂趣。」（出處同上）我們讀〈鳥籠〉能體會它的多層次意義，享受到參與再創造的樂趣。同樣，我們在讀〈共傘〉以及非馬的許多作品時，也能享受到這種參與再創作樂趣的滌蕩。賦予或者說挖出日常平凡事物中不平凡和多重意義，就是對現實的超越和昇華，就是「比現實更現實」。

二、比現代更現代

從上述的論述中，我們不難看出，「比現實更現實，比現代更現代」，其實是緊密聯繫的一體，是不能拆分的。比如以現代觀念去觀照生活，給生活以現代的解讀，以現代詩的技巧去處理詩的素材，都會有助於更深刻地反映生活，從而超越和昇華現實。我之所以將之拆開，只是為了論述方便而已。那麼，如何解讀非馬的「比現代更現代」呢？首先是他站在時代的前列，以現代的觀念來觀照和思考人生，反映生活，因而他的詩飽含著時

代精神。他三寫鳥籠，即〈鳥籠〉（1973）、〈再看鳥籠〉和〈鳥・鳥籠・天空〉（1995），反對壓迫與束縛，呼籲將自由還給人民，還給世界，還給天地。他寫〈核子競賽〉、〈越戰紀念碑〉、〈國殤日〉、〈電視〉、〈中東風雲〉和〈張大的嘴巴〉等等，反對和批判不義的戰爭對人類的屠殺，追求世界的和平。他希望給張大的嘴巴以麵包，而不是「兜售飛機坦克與大炮」。他希望和平之鴿能自由地飛翔於藍天之上，而不至於使牠的「咕咕咕咕」之聲，竟成為「被戰鬥機群霸佔去了／的藍天上／一個不幸的／笑話」（〈和平之鴿〉，1973）。他渴望撥去紛擾，建立一個和平和諧的世界。他的〈共傘〉、〈塞尚的靜物──巴黎遊記之二〉，反映的都是這種崇高的思想。他不僅希望人與人能和諧相處，也希望人與自然能和諧相處。他關注人的生存環境，關心生態的平衡，他希望人類不要墮落到如〈網〉中所寫的「惟一的異類」。他的〈映像〉一詩，極其完美地表現了這種念想：「我在鏡子前面／對著影子齜齜牙／吐吐舌頭／影子也對我齜齜牙／吐吐舌頭／／我在匆忙的街上／對一個踩了我一腳的行人／狠狠瞪了一眼／他也狠狠瞪了我一眼／／我在寧靜的夜裡／向天上的星星眨眼／星星也向我眨眼／／我在露水的田野上／對著一朵小小的藍花／微微點頭／小藍花也在風中／頻頻對我點頭／／今天我起了個大早／心情愉快地／對著窗外的一隻小鳥吹口哨／小鳥也愉快地對我吹口哨／／我此刻甜蜜地回想／昨夜夢裡／那個不知名的小女孩／卻怎麼也想不起來／是她還是我／先開始的微笑」。這是一首寓言詩，富有哲理。客觀世界像一面鏡子，你對它怎麼樣，它對你也怎麼樣，即所謂以牙還牙，以眼還眼，以微笑還以微笑，以友好報以友好。善待他人，即是善待自己，呼

籲人與人之間的善待和真愛，呼籲人與自然和諧相處，而不要恨惡相向。他具有真正平等觀念，反對種族歧視，關注弱勢群體的生存。他的〈芝加哥小夜曲〉、〈初潮〉等作品呼籲的就是種族平等。他在〈老婦〉這首詩作中喊出了弱勢群體的呼聲：「我要活／我要活／我要」，而在〈生與死之歌——給瀕死的索馬里小孩〉中，他所表現那小孩生死掙扎中的一縷求生的頑強願望，讀之令人蕩氣迴腸：「在斷氣之前／他只希望／能最後一次／吹脹／垂在他母親胸前／那兩個乾癟的／氣球／讓它們飛上／五彩繽紛的天空／／慶祝他的生日／慶祝他的死日」。世界的「人權衛士」們，請把人的最根本的生存權還給這些弱者吧！說實在的，在現代詩的範圍裡，以現代觀念對如此眾多的時代課題進行思考與反映而超過非馬的，實不多見。這一點，我認為正是「比現代更現代」極為重要標誌，或者說重要的特徵和基點。

第二，所謂「比現代更現代」的第二個表現，是非馬的審視現實生活和歷史的批判意識。追溯一下現代主義文藝思潮的發生發展，我們就可知道，批判精神是現代主義文藝的一個重要的審美特點。非馬的〈今天的陽光很好〉（1975），就表達了他這種批判的審美意識：「我支起畫架／興致勃勃開始寫生／／我才把畫布塗成天藍／一隻小鳥便飛進我的風景／我說好，好，你來得正是時候／請再往上飛一點點。對！就是這樣／接著一棵綠樹搖曳著自左下角昇起／迎住一朵冉冉飄過的白雲／而蹦跳的松鼠同金色的陽光／都不難捕捉／不久我便有了一幅頗為像樣的畫／／但我總覺得它缺少了什麼／這明亮快活的世界／需要一種深沉而不和諧的顏色／來襯出它的天真無邪／／就在我忙著調配最最苦難的灰色的時候／一個孤獨的老人踽踽走進我的畫面／輕易地為

我完成了我的傑作」。在非馬看來，把現實看得過於明亮快活，那是天真無邪。其實是：外面的世界很美麗，外面的世界也很無奈，陽光下照樣有灰色，所以無論是歷史、文化和現實生活，都應當以批判的眼光加以審視。縱覽非馬的詩，我們就會發現，非馬也有深情的讚美。如〈鳥・四季〉中的〈春〉：「你若想知道／這明媚的日子裡／樹林與樹林間／最短的距離／任何有輕盈翅膀的小鳥／都會嘰嘰喳喳告訴你／／不是直線！」這裡的答非所問，洋溢著春天生意盎然的意趣。再如〈入秋以後〉和〈秋窗〉。前者寫妻子病癒後的從容、淡定和甜蜜。他將妻子曾堆有病容的臉，看成大好的秋光：「每個裂開的傷口／都頃刻間溢滿了／蜜汁」。後者讚美中年妻子的雍容和成熟：「洗盡鉛華的臉／淡雲薄施／卻雍容大方／如鏡中／成熟的風景」。總之，非馬的詩不乏讚美，但大量的詩卻有濃厚的批判意識。上文例舉所含的現代觀念，如反對壓迫、反對侵略、反對不義戰爭、反對種族歧視等等的詩作，無不飽含批判意識。非馬思考人性，揭示它的黑暗、貪婪、虛榮與殘酷：「疊羅漢／看牆外面／是什麼」。這一首〈磚〉，總共三行，十個字，是真正的微型詩，然而它也「一花一世界，一葉一如來」。這裡形是寫磚，實是寫人。將人的認識和了解外部世界、發展自己的無窮的慾望外化於或者說寄託於磚。這種慾望的不斷昇高將會怎麼樣？寫於新世紀的〈埃菲爾鐵塔〉作了回答：「塵世的慾望／越堆越高／終於連寬大為懷的上帝／都忍不住俯下身來／一手把它拔掉」，然而「沒想到／鋼筋水泥的基腳／如人類的罪孽／根深柢固／稍一用力／便拉成一把尖矛／直直刺向／天空的／心臟／／夜夜／我們聽到／光怪陸離的夢／自失眠的巴黎冉冉昇空／如飽脹的氣球／在它上

空嘆嘆／爆響」。堆高的慾望使人異化、墮落。〈黑夜裡的勾當〉（1975）、〈運煤夜車〉、〈一女人〉（1970）、〈通貨膨脹〉（1973）等等詩作揭示的正是這種觸目驚心的現象。非馬有濃厚的民族情懷，對民族的物質的和非物質文化，既不妄自菲薄，也不盲目迷信，清醒理智的批判精神，使他筆下的詩，在流出愛的情愫的同時，滲出了「對酒不能言，凄愴懷酸辛」（阮籍〈詠懷詩〉）。如〈長城謠〉：「迎面撲來／一條／一萬里長的／臍帶／／孟姜女扭曲的／嘴／吸塵器般／吸出了／一串／無聲的／哭」。「臍帶」是祖國連接炎黃子孫的血脈，是血濃於水的泉流，是永遠不能和不應割斷的。將長城比喻為「臍帶」，可以說是對長城崇高的禮讚。然而，為了構築長城，中華民族又付出了何等巨大的代價，造成了多少令人驚心痛心的悲劇，世世代代有多少的孟姜女想「哭倒」長城？而今生今世的炎黃子孫們，在面對長城、面對孟姜女這種歷史悲劇時，又怎能不發出「無聲」的嘆息！而在〈長城1、2〉中，非馬則既慨嘆又質疑。至於〈紫禁城〉、〈珍妃井〉，則是對封建專制的批判，揭示輝煌宮殿下曾流淌過的血淚。非馬的〈廟〉、〈人與神〉（1975）等詩作，是對以宗教為幌子進行欺騙謀私的揭露。批判的審美意識，也常常體現在他的諷刺和反諷中。批判的審美意識，使得非馬的詩清新、知性而具有科學精神。

第三，所謂「比現代更現代」的第三個表現是：對現代詩技巧的全面運用和創造。非馬是一個富於原創力的詩人，他不僅吸取和運用現代詩的各種表現技巧，而且有了豐富和創新。概括說來大體表現在以下幾個方面：

一是抒情的間接化、意象化。現代詩不反對抒情但反對濫

情，其基本的處理就是避免抒情主體的直接抒情，而將抒情間接
化，將澎湃的激情蘊涵在意象中。用白居易的話來說，即是「說
喜不得言喜，說怨不得言怨」，而要託物詠懷，寄情於景。「君
問歸期未有期，巴山夜雨漲秋池。何當共剪西窗燭，卻話巴山夜
雨時。」唐李商隱這首〈夜雨寄北〉，寫與妻子遠別之苦和期盼
團聚後的快樂，可是他既不直言思念之苦，也不直言今後團聚了
會何等快樂，而是將這種苦、樂，全多寄託在「巴山夜雨」之
中。不同在於：苦，是巴山夜雨溢滿秋池；樂，是能西窗剪燭，
互訴當時的苦。現代詩繼承發展中國古典意象詩傳統，將抒情
間接化、意象化。非馬在這方面做出了重大的努力。比如〈醉
漢〉，寫的思親之苦：「把短短的直巷／走成一條／曲折／迴盪
的／萬里愁腸／／左一腳／十年／右一腳／十年／母親啊／我正
努力／向您／走／來」。這裡有兩組意象：一是空間意象，即海
峽很短的實際空間距離與萬里愁腸的心理空間距離；一是時空轉
換的意象，「左一腳」「右一腳」跨越的空間只有一步，一抬腿
用的時間甚少，但實際用時要「十年」之多，可見步履之艱難。
漂泊台島和異國他鄉，與大陸的母親音塵兩隔三十年的非馬，終
於可以會面了，有多少思念，有多少期盼和愁腸百結要向母親訴
說，滔滔激情，可演繹有淚有血的抒情長卷，可是非馬卻把有家
歸不得的萬般無奈、把咫尺天涯的悲情和望穿秋水的苦楚，寄寓
於這兩組意象的對比中。將激情收束在意象的內蘊中。當然，這
裡並沒有抹去那悲苦的淚影和滴血的心痕，相反它被烙印得更深
沉和更鮮明。非馬對意象的經營是十分用心的。他以智慧的心和
靈視的眼追求創新，既不重複別人，也不重複自己。若果非得選
用他人或自己曾經用過的意象，他必然會從中尋找出新的意義。

最典型的例證就是「鳥籠」，三度使用，三度出新，三個境界。非馬精於選擇典型的意象，以濃縮的詩句和有限的文字，來演繹豐富的意義。如〈靜物2〉「槍眼／與／鳥眼／／冷冷／對視／／看誰／更能／保持／現狀」這裡是獵人與鳥的對峙，人與自然的對峙。槍響鳥亡，自然生態遭破壞，誰都無法保持現狀。短短的詩行，它給予讀者的卻是回味無窮的思考。現代詩常用的手法是意象的自然延伸和跳接，非馬的特點是十分注意這種延伸和跳接的邏輯性和大眾經驗的聯想基礎。因此，非馬的詩是易解的，而不是難以解讀的「天書」。

二是意象的象徵化。筆者在一篇論述中對意象和象徵曾經做過這樣的區割：「意象與象徵是不同的概念。前者是託意於象，以象寓意；後者是見徵於象，以象示徵。它們都以形象的感性語言，來表達思想或情感。區別在於意象表現的內容是特指的，而象徵暗示的內容卻是事物的某種程度的共性。意象不一定含有象徵意義，而象徵一定顯示於意象。」非馬善於營構意象，同時又常常將意象昇華為象徵，使意象獲得豐富的內涵。前我們分析過的〈鳥籠〉、〈共傘〉，以及〈獅〉、〈虎〉、〈龍2〉等詩篇，其意象具有超越其本體的象徵意義，因而這些意象就不是一般的意象了，而是具有了不確定的多義性的意象了。比如〈鼠〉：「用一根／繃得緊緊的／失眠的神經／呲呲磨牙／／誰都不知道／什麼時候牠會／突然停下來／張大嘴巴／／喀喳！／試它們的鋒銳」。老鼠磨牙，鼠害為患，這是詩的意象鏈含有的表面意義。但它可以延伸擴展，令人想到心懷鬼胎、總在計算別人的鼠輩之徒，或者心懷叵測、時刻準備著發動戰爭的侵略者。因此「鼠」不只是「鼠」了，它已從單義向多義轉化了。至於非

馬的〈廟〉和〈黑夜裡的勾當〉等，則是象徵詩了。〈黑夜裡的
勾當〉：「仰天長嘯／曠野裡的／一匹／狼／／低頭時／嗅到了
／籬笆內／一枚／含毒的／肉餅／／便夾起尾巴／變成／一條／
狗」。〈廟〉：「天邊最小最亮的那顆星／是飛簷的檐角／／即
使是這樣寬敞的廟宇／也容納不下／一個唯我獨尊的／神」。這
兩首詩所以是象徵詩，最主要的是：狼演化成狗、廟和神的意象
本體並無意義，但作為象徵體，它就有了強烈的現實的意義。將
意象昇華為象徵，使詩具有豐富的象徵意義，實際上也是文學創
作特別是詩創作的美學要求，這方面非馬的成就可觀。

三是戲劇化。首先是詩的情節化，這其實是間接抒情、意象
化和象徵化的綜合演出。情節化的結果是，詩的演繹過程變成戲
劇的演出過程，和戲劇衝突展示的過程。最明顯的例證是〈芝加
哥小夜曲〉：「黃昏冷清的街頭／蠻荒地帶／／一輛門窗緊閉的
汽車／在紅燈前緩停了下來／／突然／後視鏡裡／一個黑人的身
影／龐然出現／／先生，買…／／受驚的白人司機／猛踩油門／
疾衝過紅燈／如野兔奔命／／…買把花吧／今天是情人節」瞧，
這是不是一幕街頭劇？這裡的衝突，特別是心理衝突是何等的尖
銳？黑人賣花者是想請白人司機買一束愛情之花，可是白人司機
見到黑人就像見到了鬼，賣花者剛開口，他就連紅燈的警示也不
顧，脫兔似的逃跑了。透過這幕戲的演示，詩人把那深入骨髓的
白人對黑人的偏見和岐視，揭示得真是入木三分。其次是預設矛
盾的構思，在詩的演繹的過程中，通過逆向思維的手段，或化解
或擴張矛盾衝突，形成戲劇性的轉折。如〈共傘〉從「差距」向
和諧的欣喜的轉折。與〈共傘〉相似的如〈塞尚的靜物——巴黎
遊記之二〉，則是矛盾的存在發生了向和諧包容存在的戲劇性轉

折。不僅如此，這首詩簡直可以說是非馬的預設矛盾、逆向翻轉構思手法的感性詮釋。且看全詩：「在一個托盤上／一隻橘子／與一根香蕉／背對著背／各做各的夢／／塞尚走了過來／把香蕉翻了個身／讓它優雅的內弧／溫柔攬住／橘子的渾圓／頓時空氣軟化澄明／色彩豐富流動起來／／一隻橘子／與一根香蕉／在一個托盤上／面對著面／讓彼此的夢／交融疊合／成為／靜物」。非馬許多詩運用的就是這種「翻香蕉」的手法。〈領帶〉，原本是文明的事物，被他從負面解讀，變成了被野蠻牽著脖子走。關閉〈電視〉，屏閉紛亂的世界，求個耳目清靜，可是關不掉侵略者燃起的燒遍亞非的戰火。這種翻香蕉的手法，激發了詩的戲劇因素，翻出了衝突對比給詩帶來的張力，也翻出了讀者的驚奇和讚嘆。所有這些都說明：非馬對「比現實更現實，比現代更現代」的追求做出了令人欣喜的傑出的成就。他的這種創新精神是十分可貴的。雖然非馬也已邁過了古稀之年，但我對他仍有新的期待。

　　非馬是現代詩人中的「異類」，如一幅豐富的畫卷，我這裡只是剪其一角，來欣賞它的繽紛。即使是一角，我也沒有把握說，我已作了較為準確的詮釋。嘗試而已。

本文發表於《第十五屆世界華文文學國際學術研討會》，
南寧，2008年10月；後刊《香港文學》293期，2009年5月。

閱讀大詩09　PG0656

 夢之圖案：非馬新詩自選集
第二卷（1980－1989）

作　者	非　馬
責任編輯	鄭伊庭
圖文排版	邱靜誼
封面設計	蔡瑋中

出版策劃	釀出版
製作發行	秀威資訊科技股份有限公司
	114 台北市內湖區瑞光路76巷65號1樓
	電話：+886-2-2796-3638　傳真：+886-2-2796-1377
	服務信箱：service@showwe.com.tw
	http://www.showwe.com.tw
郵政劃撥	19563868　戶名：秀威資訊科技股份有限公司
展售門市	國家書店【松江門市】
	104 台北市中山區松江路209號1樓
	電話：+886-2-2518-0207　傳真：+886-2-2518-0778
網路訂購	秀威網路書店：http://www.bodbooks.com.tw
	國家網路書店：http://www.govbooks.com.tw
法律顧問	毛國樑　律師
總經銷	創智文化有限公司
	236 新北市土城區忠承路89號6樓
	電話：+886-2-2268-3489　傳真：+886-2-2269-6560
	博訊書網：http://www.booknews.com.tw

出版日期	2011年12月　BOD一版
定　價	360元

國家圖書館出版品預行編目

夢之圖案：非馬新詩自選集. 第二卷(1980-1989) / 非馬著.
-- 一版. -- 臺北市：釀出版, 2011.12
面； 公分. -- (閱讀大詩；9)
BOD版
ISBN 978-986-6095-56-6(平裝)

851.486   100020668

讀者回函卡

感謝您購買本書，為提升服務品質，請填妥以下資料，將讀者回函卡直接寄回或傳真本公司，收到您的寶貴意見後，我們會收藏記錄及檢討，謝謝！
如您需要了解本公司最新出版書目、購書優惠或企劃活動，歡迎您上網查詢或下載相關資料：http:// www.showwe.com.tw

您購買的書名：_____

出生日期：_____年_____月_____日

學歷：□高中 (含) 以下　　□大專　　□研究所 (含) 以上

職業：□製造業　□金融業　□資訊業　□軍警　□傳播業　□自由業
　　　□服務業　□公務員　□教職　　□學生　□家管　　□其它_____

購書地點：□網路書店　□實體書店　□書展　□郵購　□贈閱　□其他

您從何得知本書的消息？

　　□網路書店　□實體書店　□網路搜尋　□電子報　□書訊　□雜誌

　　□傳播媒體　□親友推薦　□網站推薦　□部落格　□其他_____

您對本書的評價：(請填代號 1.非常滿意 2.滿意 3.尚可 4.再改進)

　　封面設計____　版面編排____　內容____　文／譯筆____　價格____

讀完書後您覺得：

　　□很有收穫　□有收穫　□收穫不多　□沒收穫

對我們的建議：_____

_____

_____

_____

11466
台北市內湖區瑞光路 76 巷 65 號 1 樓

秀威資訊科技股份有限公司 收

BOD 數位出版事業部

....

（請沿線對折寄回，謝謝！）

姓　　名：＿＿＿＿＿＿＿＿＿　　年齡：＿＿＿＿　　性別：□女　□男

郵遞區號：□□□□□

地　　址：＿＿＿＿＿＿＿＿＿＿＿＿＿＿＿＿＿＿＿＿＿＿＿

聯絡電話：(日)＿＿＿＿＿＿＿＿＿＿　(夜)＿＿＿＿＿＿＿＿＿＿

E - m a i l：＿＿＿＿＿＿＿＿＿＿＿＿＿＿＿＿＿＿＿＿＿